인플루언스

INFLUENCE

BOOK PLAZA

INFLUENCE

곤도 후미에 지음 | 남소현 옮김

BOOK PLAZA

일러두기
본문의 각주는 모두 옮긴이 주입니다.

1

　출판사에서 내게 그 편지를 보내온 것은 추위가 기승을 부리던 12월 중순이었다.

　이 시기의 소설가는 바쁘다. 연말 연초에 업무가 중단되는 곳이 많아서 마감이 전부 앞당겨지기 때문이다. 평소에도 작업 속도가 느린 나는 매년 이맘때만 되면 마감을 쳐내기에 급급하다.

　게다가 연말이 다가오면 이제껏 아무 움직임도 없었던 기획에 갑자기 시동이 걸리는 경우도 많다. 아마도 해를 넘기면 안 된다는 조바심 때문일 것이다.

　그렇다 보니 그 편지도 한 번 읽고 그대로 내버려두었다.

　안 그래도 펜을 들어 답장을 쓰는 것은 적지 않은 시간과 노력이 필요한 일이다. 친한 사이에도 답장을 미루기 일쑤인데 일면식도 없는 사람이 보내온 편지, 그것도 팬레터도 아니고 일방적으로 자기 할 말만 하는 편지에 답장을 쓸 마음은 들지 않았다.

사실은 편지를 읽고 조금 화가 났다. 상대가 무례하다고 느꼈기 때문이다. 그런데도 바로 휴지통에 넣지 않고 미처리 서류 더미에 던져둔 것은 뭔가가 마음에 걸렸기 때문이다.

그 편지를 다시 손에 든 것은 해가 바뀌고 나서였다. 미처리 서류를 하나하나 체크하며 필요 없는 것은 폐기하는 과정에서 그 편지가 눈에 들어왔다. 세단기에 넣기 전에 한 번 더 읽어 보았다. 왠지 가슴이 술렁였다.

편지의 앞부분은 내가 4년 전에 낸 책에 대한 감상이었다. 딱히 작가나 작품을 비난하는 것도 아니고 전체적으로 재미있게 잘 읽었다는 내용이었지만 뭔가 영 마음에 와닿지 않았다. 아무튼 상대가 내 책을 꼼꼼하게 읽었다는 건 알 수 있었다. 글씨체도 반듯하고 정갈했다.

책에 대한 감상은 편지의 절반 정도를 차지했고, 중간에 갑자기 화제가 바뀌었다.

사실 이 편지를 쓰게 된 것은 선생님께서 저희 얘기에 관심을 가져 주실지도 모르겠다는 생각이 들었기 때문입니다. 선생님은 저희와 나이도 같고, 지금까지 여자들의 관계를 다룬 작품을 많이 발표해 오셨으니까요. 선생님이라면 분명 지난 30년

간 이어져 온 저희 셋의 관계에 흥미를 느끼실 거라고 생각합니다.

편지를 읽으며 헛웃음이 났다. 소설가는 이런 말을 자주 듣는다. "제 인생을 책으로 쓰면 틀림없이 재미있을 겁니다"라든지 "제 얘기를 소설로 만들어 주시면 안 될까요?" 등등.

그들이 말하는 '재미있는 인생'이 정말로 재미있었던 적은 단 한 번도 없다. 인생이 파란만장했다는 것을 재미있다고 표현하고 있을 뿐이다. 개중에는 파란만장하지조차 않고 그저 자아도취에 불과한 경우도 적지 않다.

게다가 아무리 재미있는 소재라 하더라도 그것을 이야기로 만드는 것은 전혀 다른 문제다. 소재를 잘 살려서 좋은 작품으로 만들어 내는 것은 작가의 실력에 좌우되는 바가 크다.

플롯이나 소재를 구상하는 작업을 지도를 그리는 것에 비유한다면 실제로 글을 쓰는 작업은 완성된 지도를 손에 들고 어두운 밤길을 걸어가는 것과 비슷하다. 지도가 아무리 자세하더라도, 눈앞에 아무리 멋진 절경이 펼쳐져 있더라도, 그 길이 반드시 즐거우리라는 보장은 없다. 그리고 나는 굳이 말하자면 대충 그린 지도를 들고 평범한 길을 걸어가는 것을 선호하는 편이다.

아무리 완벽한 지도라 할지라도 나와 맞지 않는다면 좋은 결과를 기대하기는 어렵다.

그렇기 때문에 지금까지 이런 류의 제안을 받아들인 적은 한 번도 없었다. 유독 이 편지가 마음에 걸리는 이유는 '저희 셋의 관계'라는 말 때문이었다. 편지를 보내온 사람은 자기 인생이 파란만장하다고 말하고 있는 것이 아니었다. 자기와 친구들의 관계에 내가 흥미를 느낄 것 같다고 말하고 있었다.

친구 관계가 원만하게 유지되기 위해서는 문제가 생기지 않아야 한다.

비 온 뒤에 땅이 굳는다느니 친구 사이에는 솔직한 게 최고라느니 하는 말을 나는 믿지 않는다. 적당한 거리를 유지하면서 상대방을 존중하고 상대에게 상처를 주지 않도록 주의할 것. 그리고 함께 있는 시간은 즐겁게 지낼 것. 이것이 내가 생각하는 관계 유지의 비결이다.

물론 나 역시 오래 알고 지낸 친구와는 과거에 싸운 경험도 있다. 하지만 만약 싸우지 않을 수 있었다면 당연히 그 편이 더 좋았을 것이다.

내게 심한 말을 하거나 나를 함부로 대하는 사람과는 더 이상 친구로 지낼 필요성을 느끼지 못한다. 그 일로 굳이 싸우지는 않지만 조용히 거리를 두고 멀어지는 편이다.

편지 끝부분에는 이렇게 적혀 있었다.

실은 두 친구 중 한 명이 췌장암 진단을 받았습니다.

그 친구가 죽고 나면 이 이야기는 아무에게도 할 수가 없습니다. 제가 사실과 다른 이야기를 하더라도 당사자인 그 친구가 바로잡을 수 없기 때문입니다.

1시간이라도 좋으니 시간을 내주실 수 없을까요?

우리 아버지도 췌장암으로 돌아가셨다.

그래서 나는 췌장암이 발견하기도 어렵고 완치되기는 더 어려운 병이라는 사실을 알고 있었다. 그와 동시에 이 편지를 보내온 사람에게서는 지금까지 내게 자기 이야기를 써 달라고 요청한 사람들과는 다른 무언가가 느껴졌다.

편지에 쓴 것처럼 공정성을 중시하는 사람이라면 단순한 나르시시스트는 아닐 것 같다는 생각이 들었다.

신문에서 선생님이 오사카에 계시다는 기사를 본 적이 있습니다.

저도 오사카에 살고 있습니다. 제 얘기에 관심이 있으시다면 메일이나 전화로 연락 주시면 감사하겠습니다.

나는 잠시 고민했다.

어쩌면 이 사람이 내게 편지를 보내온 것은 사는 곳과 나이가 같다는 이유에서가 아니었을까.

어떤 소설을 쓰는 사람인지는 알아야 하니까 내가 쓴 작품 중에서 한 권을 골라서 읽어 보고 결정한 것인지도 모른다. 나의 열렬한 팬이 아니라 그런 식으로 대충 정해서 연락해 온 거라고 생각하는 편이 마음이 편했다.

상대가 애독자라면 그 기대에 부응해야 한다는 부담감을 느끼게 되기 때문이다.

나는 컴퓨터 앞에 앉아서 메일을 쓰기 시작했다.

＊

상대는 내 얼굴을 알고 있다고 했다.

하긴 인터넷에서 내 이름을 검색하면 사진이 주르륵 뜬다. 유명인은 아니지만 직업 특성상 어쩔 수 없다.

나는 사진 찍히는 것을 좋아하지도 않고 내 얼굴을 전 세계에 공개하고 싶은 마음은 더더욱 없지만 소설가라면 감수해야하는 숙명인 셈이다.

물론 본인이 강한 의지를 가지고 촬영을 거부하면 찍히지 않을 수도 있겠지만 기본적으로 취재는 대중에게 내 책을 알릴수 있는 소중한 기회이기 때문에 보통은 감사히 받아들이는 편이다.

이번처럼 모르는 사람과 만날 때도 도움이 되니 단점보다는 장점이 더 많다고 할 수 있겠다.

만나기로 한 장소는 호텔 라운지였다.

평일 오후인데도 라운지는 거의 만석이었다. 직원에게 일행이 먼저 와 있을 거라고 말하고 안으로 들어갔다.

여자 혼자 온 사람을 찾아 고개를 두리번거리며 라운지 안쪽으로 들어가자 창가 쪽에 앉은 여자와 눈이 마주쳤다. 여자는 조금 놀란 듯 눈이 동그래지더니 내 쪽을 향해 고개를 꾸벅 숙였다.

나는 여자가 있는 테이블로 가서 맞은편에 앉았다.

"처음 뵙겠습니다."

"정말로 만나 주실 줄은 몰랐어요."

눈앞에 있는 여자가 말했다. 턱이 좁고 얼굴도 자그마했다. 앉아 있어서 키가 어느 정도인지는 모르겠지만 몸매는 마른 편이었다.

만나는 것 자체는 그리 어려운 일이 아니다. 소설가도 보통 사람들만큼 바쁘고 보통 사람들만큼 시간도 있다. 지금은 출간을 앞두고 수정해야 할 원고를 안고 있어서 조금 바쁜 시기이기는 하지만.

"하지만 제가 과연 기대에 부응할 수 있을지 모르겠네요. 말씀해 주시는 내용을 제 소설의 소재로 삼을 수 있을지도 아직 확실하게 말씀드릴 수는 없고요."

"물론 그러시겠지요. 그 부분은 제 이야기를 듣고 자유롭게 판단해 주세요."

웨이터가 주문을 받으러 와서 둘 다 커피를 시켰다.

문득 커피값은 누가 내는 걸까 하는 생각이 들었다. 각자 내도 될 것 같기도 하고, 어찌 됐든 소재를 제공 받는 셈이니 내가 내는 게 맞는 것 같기도 했다.

물론 그런 건 이야기가 끝난 후에 생각해도 되는 문제이기는 하다. 애초에 이 만남이 평화롭게 마무리될 거라는 보장도 없었다.

언제나 머릿속에 떠오르는 풍경은 석양이 비치는 아파트 단지다.

성냥갑 모양으로 똑같이 생긴 건물이 열 채도 넘게 늘어서 있다. 단지 안에 공원도 있고, 유치원도 있고, 슈퍼와 잡화점과 세탁소도 있다. 잡지나 그림책을 파는 서점도 있다. 단지 바로 옆에는 종합병원도 있다.

초등학생 때까지 나, 토츠카 유리는 평생을 이 단지 안에서 살게 될 거라고 생각했다.

본인에게 그럴 마음만 있다면 그것은 결코 어려운 일이 아니었다. 중학교도 고등학교도 다 도보권 내에 있었다. 대학교는 조금 떨어져 있기는 하지만 그래도 단지에서 통학 가능한 거리였다.

대학을 졸업한 후에는 단지 근처에 있는 슈퍼나 가게에 일자리를 구하면 된다.

내가 살던 곳은 일명 뉴타운이라고 불리는 지역으로, 여러 아파트 단지가 밀집해 있었다. 단지에서 조금 떨어진 곳에는 단독주택이 들어선 주택가도 있었지만 유치원과 초등학교 친구들은 거의 다 단지에 사는 아이들이었다.

지금 생각하면 당연한 일이다. 단독주택에는 이 지역 토박이가 많이 산다. 그에 반해 단지는 생긴 지 얼마 되지 않았고, 단지로 이사 온 사람들은 대부분 젊은 부부다. 그렇다 보니 자연스럽게 비슷한 또래의 아이들이 모이게 된다.

친구는 같은 단지에 사는 아이들만으로도 충분했다. 누구네 집에 놀러 가더라도 집 구조는 다 똑같고 그 안에 놓인 가구가 조금 다른 정도였기 때문에 누구네 집은 부자고 누구네 집은 가난하다는 생각 같은 건 끼어들 여지조차 없었다. 언니가 있는 아이는 늘 언니 옷을 물려 입는다든지, 누구는 인형뿐만 아니라 인형의 집까지 가지고 있다든지 그런 소소한 차이에 불과했다.

나한테는 시골도 없었다.

나는 이 단지에서 태어났다. 그리고 내가 태어났을 때 친할아버지와 친할머니는 이미 돌아가신 후였고, 외할아버지와 외할머니는 오사카 시내에 살고 계셨다. 엄마의 여동생은 어릴 때 죽었고, 아빠의 형은 태국에 살고 있어서 거의 만날 일이 없었다.

명절이나 여름 방학에 시골에 사는 조부모님을 만나러 갈 일도 없었고, 일가친척이 다 모이는 일도 없었다. 친구들끼리 모여서 각자 받은 세뱃돈을 비교해 보면 항상 내가 제일 적었다.

어른이 되고 깨달았다. 아마도 내 인생에는 처음부터 인연이라는 것이 결여되어 있었다는 사실을. 애초에 고독해질 운명을 안고 고독하게 태어난 것이라는 생각이 들었다.

그리고 우리 단지에는 나 말고도 그런 아이가 또 있었다.

히노 사토코와 처음 만난 것이 언제였는지는 기억나지 않는다.

아마 단지 안 놀이터에서 비슷한 또래의 아이들끼리 모여서 놀고 있을 때 만났을 것이다.

철이 들었을 무렵에는 이미 우리는 단짝이었다. 사토코는 우리 집에 자주 놀러 왔다.

유치원에 다니기도 전부터 함께 어울렸기 때문에 장난감을 빌려주네 마네 하는 문제로 대판 싸우고 엉엉 울면서 헤어진 적도 한두 번이 아니었지만 다음 날이 되면 또 아무렇지도 않게 만나서 놀았다.

사토코도 하루가 멀다 하고 우리 집에 찾아와서 초인종을 누르며 "유리야, 놀자" 하고 나를 불러냈다.

목가적인 시대였다. 그때라고 해서 어린이를 노린 범죄가 없었던 것은 아니지만 어른들은 그런 일이 자기 아이에게 일어날 리는 없다고 생각했을 것이다.

언제나 단지 안에 있는 공원에서 아이들끼리만 모여 놀았고, 어른이 함께 있는 경우는 거의 없었다.

사토코네 집에서 노는 일은 거의 없었다.

사토코는 할아버지와 함께 살고 있었다. 당시의 내가 느끼기에는 백 살쯤 된 노인 같았지만 잘 생각해 보면 그럴 리는 없다. 아마도 60대 정도이지 않았을까.

사토코네 할아버지는 우리 할아버지와는 많이 달랐다.

우리 할아버지는 50대였고 아직 일을 하고 계셨다. 머리는 희끗희끗했지만 등산이 취미여서 쉬는 날에는 여기저기 산을 타러 다니셨다.

할아버지는 하나뿐인 손녀인 나를 많이 예뻐하셨다. 해마다 내 생일이 되면 백화점에 데려가서 인형을 사 주셨다.

난생처음 도쿄에 가서 우에노 동물원의 판다를 본 것도 할아버지와 함께였다.

그래서 할아버지들은 다 그런 줄 알았는데 아니었다. 사토코네 할아버지는 전혀 다른 생명체 같았다.

잘 웃지도 않았고 내가 그 집에 가도 거들떠보지도 않았다. 그런가 하면 별것도 아닌 일로 갑자기 사토코에게 버럭 소리를 지르곤 했다.

집 밖이나 우리 집에서 만났을 때는 밝고 명랑한 사토코가 할아버지 앞에서는 늘 주눅이 들어 있었다.

사토코네 엄마는 거의 집에 없었다. 무슨 일을 했는지는 잘 모르겠다. 사토코네 집에 놀러 가면 항상 방 안에 할아버지가 앉아 있었다. 내가 "안녕하세요" 하고 인사해도 못마땅한 얼굴로 대꾸조차 하지 않을 때가 많았다.

그래서 어쩌다 사토코네 집에서 놀게 될 것 같으면 내가 바로 말했다.

"우리 집에서 놀지 않을래?"

사토코는 말없이 고개를 끄덕였고, 우리는 함께 우리 집으로 갔다.

사토코네 집과 우리 집은 다른 동이었고 단지 안에서도 조금 떨어져 있었다. 똑같이 생긴 집들 사이에서 자기 집을 찾는 것은 여기서 나고 자란 나로서도 쉬운 일은 아니었다.

자칫 꺾어야 할 곳을 지나치기라도 하면 그곳에는 모르는 사람이 살고 있었다. 건물의 외양은 똑같은데 분위기나 냄새가 전혀 달랐다. 단지 내에서 길을 잃으면 불안과 공포가 거센 파도처럼 밀려들었다.

단지가 끝도 없이 이어져 있어서 아무리 가도 우리 집은 나오지 않는 것이 아닐까. 그런 생각이 들었다.

친절한 아줌마가 단지 안을 배회하는 나를 보고 집까지 데려다준 적이 있었다.

어디까지고 뻗어 나가서 나를 집어삼킬 것만 같았던 단지는 우리 동 앞에 도착한 순간 표정을 바꾸었다. 거기 있는 것은 평소와 다를 바 없는 일상이었다. 계단 앞에 놓인 누구네 집 자전거도, 옆집 아저씨가 가꾸는 화단도 늘 보던 것이었다.

하지만 그 평온함을 믿어서는 안 된다. 언제 또 돌변해서 다른 얼굴을 보일지 모르니까.

단지 안에서 혼자 걷는 것은 불안했지만 사토코가 옆에 있으면 마음이 든든했다. 둘이 함께라면 조금 더 어른이 된 것 같았다.

당시 우리는 이 세상에 태어난 지 고작 4~5년밖에 되지 않은 아이였지만 말이다.

단지 아이들은 거의 다 같은 초등학교에 입학했다.

같은 유치원을 나온 친구들 중에는 따로 시험을 쳐서 사립 초등학교에 들어간 아이도 몇 명인가 있었다. 하지만 우리 엄마는 그 모습을 보며 "벌써부터 입시 전쟁에 뛰어들 필요 있나?"

하고 태평스럽게 말했다.

우리 엄마도 단지 안에서 살아온 사람이었다.

언젠가 엄마가 나고 자란 동네에 가 본 적이 있다. 오사카 시내에서 덴노지보다 조금 더 남쪽에 위치한 곳으로, 오래된 연립 주택이 밀집한 동네였다.

구조적으로는 단독주택이라고 할 수 있지만 똑같이 생긴 코딱지만 한 집들이 한 곳에 다닥다닥 붙어 있었다. 옆집과 우리 집의 차이라고는 현관 앞에 놓인 화분이나 자전거뿐이라는 점도 단지와 비슷했다.

집 앞 골목에 평상을 내놓고 웃통을 벗은 채 반바지 차림으로 드러누워 있는 할아버지를 보고 과거로 시간 여행을 온 듯한 느낌을 받았던 기억이 난다.

이런 곳에서 자란 엄마는 평생 누군가와 경쟁해서 부와 행복을 거머쥐겠다는 생각은 해 본 적도 없었을 것이다.

아무튼 나와 사토코는 같은 초등학교에 진학했다.

물론 그 초등학교에 우리 단지 아이들만 다니는 것은 아니었지만 그래도 '히가시 단지 아이들'은 학교 안에서 하나의 커다란 그룹을 형성하고 있었다. 히가시 단지 아이들, 미나미 단지 아이들, 그리고 단독주택이나 고층 아파트에 사는 아이들.

우리는 누가 어디에 사는지, 어느 그룹에 속하는지 재빠르게 파악했다. 그걸 모르고는 친구가 될 수 없었다.

단지에 사는 아이들은 1학년부터 6학년까지가 모두 한데 모여 등교했다. 우리는 다른 아이들과는 다르다는 것을 보여 주기 위함이었다.

사토코와는 반이 갈렸지만 우리는 여전히 사이가 좋았다. 매일 학교가 끝나면 사토코가 우리 집으로 놀러 왔다.

그런 우리 관계가 크게 변하게 된 것은 2학년이 된 어느 날이었다.

그날은 일요일이었고 우리 집에는 할아버지가 와 계셨다.

할아버지는 그전에도 사토코를 본 적이 있었지만 그날은 유독 기분이 좋았는지 사토코에게 살갑게 말을 붙였다.

사토코도 처음에는 조금 쑥스러워했지만 곧 긴장을 풀고 편하게 대화를 나누기 시작했다.

그러다가 어느 순간 할아버지의 낯빛이 변했다. 사토코가 이런 말을 했을 때였다.

"유리도 할아버지랑 같이 자요?"

"할아버지랑은 같이 안 자지. 너는 너희 할아버지랑 같이 자느냐?"

"엄마가 여자애는 할아버지랑 같이 자는 거랬어요."

"여자애는?"

"유스케는 엄마랑 같이 자요. 하지만 여자애는 할아버지랑 자야 한대요."

유스케는 사토코의 남동생이다. 우리보다 세 살 어린 유스케는 현재 유치원에 다니고 있었다.

할아버지의 표정이 딱딱하게 굳었다.

"할아버지랑 한 방에서 잔다는 말이지? 한 이불을 덮고 자는 게 아니라."

"아니요? 둘이서 한 이불 덮고 자요."

그 이야기는 나도 들은 적이 있었다.

우리 아파트는 방 두 개에 거실 겸 부엌이 있는 구조였다. 사토코의 부모님과 남동생이 한 방에서 자고, 나머지 한 방에서 사토코의 할아버지와 사토코가 한 이불을 덮고 잔다고 했다.

어린 마음에도 뭔가 이상하다고 생각했다.

나는 외동이어서 유치원 때부터 혼자 잤다. 가끔 무서운 꿈을 꾸거나 하면 부모님 방에 가서 이불 속으로 파고들기도 했지만, 초등학교에 들어가고부터는 혼자 자는 게 더 좋았다.

할아버지와 함께 여행을 가더라도 한 이불을 덮고 잔 적은 없다. 내가 그렇게 말해도 사토코는 계속 우겼다.

"여자애는 할아버지랑 같이 자야 하는 거야"라고.

사토코는 할아버지랑 같이 살고 있고 나는 따로 살고 있으니 그래서 다른 건지도 모르겠다고 하자 그제야 납득한 것 같았다.

하지만 그날 사토코는 우리 할아버지한테 몇 번이고 반복해서 말했다.

"여자애는 원래 할아버지랑 같이 자는 거잖아요. 그렇죠?"

할아버지의 얼굴이 점점 더 딱딱해지더니 그대로 자리에서 벌떡 일어나 부엌으로 가 버렸다.

사토코는 저녁 전에 돌아갔지만 어째서인지 그날은 할아버지가 늦게까지 우리 집에 남아 있었다.

엄마랑 하는 이야기가 좀 길어진다 싶더니 골프에서 돌아온 아빠와도 오래 이야기를 나누었다. 때때로 할아버지가 언성을 높이기도 하고 엄마가 뭐라고 반박하는 것 같기도 했다.

무엇 때문에 싸우는 건지는 모르겠지만 언뜻언뜻 엄마가 "남이 끼어들 문제가 아닌 것 같아요", "만약 우리가 착각한 거면 그때는 뭐라고 사과하려고요?"라고 말하는 게 들렸다.

"사토코네 할아버지는 저도 몇 번 만난 적이 있는데 인상도 좋으시고 아무튼 그런 짓을 할 분이 아니에요."

할아버지가 왜 화를 내는 건지는 몰라도 일단 대화의 주제는 사토코네 할아버지인 듯했다.

그날 부모님은 빨리 자라며 나를 내 방으로 밀어 넣었다. 하지만 잠이 안 와서 가만히 누워 옆방에서 들려오는 소리에 귀를 기울였다.

언쟁은 밤 11시까지 이어졌다. 우리 집에서 할아버지네 집까지는 버스와 지하철을 갈아타고 1시간 넘게 가야 한다. 이 좁은 집에서 자고 갈 생각은 없는지 할아버지가 그제야 자리에서 일어났다.

"그래, 너희가 직접 말하기 어렵다는 건 알겠다. 하지만 그 아이랑 유리는 함께 놀지 못하게 하는 게 좋지 않을까 싶구나. 유리에게 안 좋은 영향을 줄 수도 있으니 말이다."

그 말을 들은 순간, 숨이 탁 막혔다. 이제 사토코랑 놀 수 없다고 생각하자 눈물이 날 것만 같았다. 엄마가 그러겠다고 했으면 아마 정말 울었을지도 모른다.

"그럴 수는 없어요. 유리가 사토코를 얼마나 좋아하는데요."

"그래도…."

"그 집에는 가지 못하게 할게요. 놀 때는 우리 집에 와서 놀라고 하면 되잖아요."

할아버지는 얕게 한숨을 내쉬었다.

"정 그렇다면 어쩔 수 없지."

엄마는 내게 사토코와 놀지 말라고는 하지 않았다.

하지만 그날 이후 나와 사토코 사이에는 눈에 보이지 않는 그림자가 드리워졌다. 내가 사토코랑 놀겠다고 하면 엄마는 싫어하는 기색을 보였고, 우리 집에 온 사토코를 전처럼 반기지도 않았다. 아마 사토코도 느꼈을 것이다.

어리다고 해서 아무것도 모르는 건 아니다.

사토코는 자기가 할아버지와 한 이불을 덮고 잔다고 말했을 때 우리 할아버지의 낯빛이 변한 것도 눈치챘을 것이다.

당시의 나는 왜 할아버지 표정이 굳었는지, 왜 할아버지가 사토코랑 놀지 말라고 하는 건지 이해하지 못했다. 내가 어렴풋하게나마 이해한 것은 사토코가 자기 할아버지와 한 이불을 덮고 자는 게 문제라는 것뿐이었다.

우리 할아버지가 뭐에 놀라고 무엇을 걱정했는지를 내가 이해한 것은 그로부터 한참 더 시간이 흐른 뒤였다.

나와 사토코가 단둘이 노는 시간은 조금씩 줄어들었다. 그렇다고 해서 친구가 아니게 된 것은 아니었다. 단지 아이들은 다 같이 모여 놀았기 때문에 우리는 계속 친구라고 생각했다. 서로 무시하거나 싸운 적도 없었다.

다만 전보다 관계가 소원해진 건 사실이었기 때문에 어떻게 하면 다시 가까워질 수 있을지 고민했다.

우리 집으로 부르면 엄마가 싫어하고 사토코도 상처를 받는다. 사토코네 집에는 어른들이 가지 말라고 했고 사실 나도 가고 싶지 않았다. 밖에서 놀면 둘이서만 있을 시간이 없다. 단지 안에 있는 공원에는 항상 많은 아이들이 있었고, 같은 공간에 있다 보면 어느샌가 다들 함께 어울려 놀았다.

초등학교 4학년 때 사토코와 같은 반이 되었다.

복도에서 사토코가 벽에 붙은 반 배정표를 들여다보고 있었다.

나는 반가운 마음에 그쪽으로 달려갔다. 사토코와 같은 반이라는 사실이 순수하게 기뻤다.

"사토코, 우리 올해는 같은 반이야!"

사토코가 내 쪽을 돌아보았다. 사토코는 웃고 있지 않았다. 입술을 꽉 깨문 채 말없이 나를 쳐다보았다.

"사토코…?"

바로 다음 순간, 사토코가 미소를 지었다. 평소에 단지 아이들과 놀 때 보이는 얼굴이었다. 무표정한 얼굴에서 웃는 얼굴로의 변화가 너무도 순식간에 이루어져서 나는 도저히 따라 웃을 수가 없었다.

"진짜네. 잘됐다. 1년 동안 친하게 지내자."

사토코는 그렇게 말하고는 내 옆을 슥 지나쳐 갔다. 그 순간 나는 깨달았다.

2년 사이에 사토코가 변해 버렸다는 사실을.

신학기가 시작되자마자 사토코는 새 친구를 사귀었다.

성격이 밝고 운동 신경도 뛰어나서 반에서 제일 인기가 많은 여자애와 친해져서 그 아이의 단짝 자리를 차지해 버렸다. 나랑도 말을 하기는 했지만 쉬는 시간이 되면 그 아이 자리로 달려갔다.

나는 운동 신경도 꽝이고 행동이 굼떠서 인기 있는 아이들이 모인 그룹에는 들어가지 못했다. 대신 나와 비슷한 타입인 아이들과 함께 어울렸다. 그게 나도 편했다.

나와 같은 히가시 단지에 사는 아이도 있었고, 미나미 단지에 사는 아이도 있었고, 단지가 아닌 곳에 사는 아이도 있었다. 초등학교 1~2학년 때까지는 같은 단지 아이들끼리만 몰려다녔지만 학년이 올라가면서 점차 사는 곳보다는 성격이 잘 맞는지, 이야기가 잘 통하는지를 더 중시하게 되었다.

나는 만화를 좋아했기 때문에 같은 그룹에 있는 아이들과는 만화와 관련된 이야기만 했다.

조금 떨어진 곳에서 바라보니 사토코는 성격이 쾌활하고 귀여운 여자아이였다.

피부는 투명할 정도로 하얬고, 목은 길고 가늘었다. 짧게 자른 머리가 잘 어울렸다. 그리고 항상 웃고 있었다.

이즈음부터는 나도 내가 예쁜 편이 아니라는 사실을 조금씩 깨닫기 시작했다.

어렸을 때는 입버릇처럼 예쁘다고 말해 주던 할아버지도 더 이상 내 외모에 대해서는 언급하지 않았다. 그렇다고 해서 나를 예뻐하지 않은 것도 아니고 여전히 내 부탁이라면 무엇이든 다 들어주었지만 아무리 나라고 해도 그런 변화를 눈치채지 못할 정도로 둔하지는 않았다.

아빠는 때때로 "유리는 미인이 아니니까 열심히 공부해야겠다"라는 식의 말을 했고, 나는 그 말을 들을 때마다 상처를 받았다.

성적은 나쁘지 않았지만 그보다는 예쁘게 태어나는 편이 세상을 살아가는 데 있어서는 훨씬 더 유리했을 것이다. 게다가 성적이 나쁘지 않다고는 해도 어디까지나 중간보다는 위에 속한다는 말이지 1등을 노릴 정도는 아니었다.

사토코의 단짝 친구는 운동 신경도 뛰어난 데다가 성적도 나보다 좋았다. 세상은 불공평하다.

하지만 조금 불공평하기는 해도 세상은 아직 나에게 그렇게까지 가혹하지는 않았다.

초등학교 때는 음습한 집단 괴롭힘 같은 것도 없었고, 내가 있을 곳이 있었다. 학교가 끝나고 단지로 돌아오면 모두가 나를 알아보고 인사를 건넸다.

그저 사토코가 조금씩 내게서 멀어져가는 것이 슬플 따름이었다.

아마도 5월쯤이었을 것이다. 바람이 강하게 부는 날이었다.
평소처럼 학교가 끝나고 단지에 사는 아이들끼리 모여 집으
로 돌아왔을 때, 사토코가 내게 다가왔다.
"유리야, 놀자."
사토코가 놀자고 하는 것은 오랜만이었다. 나는 고개를 크게
끄덕였다.
"응!"
대답을 하고 나니 어디서 놀지가 고민이 되었다. 우리 집에는
엄마가 있다. 사토코네 집에는 가고 싶지 않다. 망설이는 내 손
목을 사토코가 잡아끌었다.
그러고는 아파트 계단을 걸어 올라갔다.
"어디 가는 거야?"
"제일 꼭대기까지. 태양 가까이."
우리 아파트는 7층짜리였다. 꼭대기 층까지 올라가도 태양 가
까이는 갈 수 없다. 어쨌거나 우리는 가방을 멘 채 7층까지 올
라가서 계단에 나란히 앉았다.
아파트 위쪽은 아래쪽에 비해 바람이 강하게 불었다. 쉴 새
없이 흩날리는 머리카락과 치맛자락을 부여잡고 아래를 내려다
보니 가슴이 두근거렸다.
우리 집은 2층이고, 사토코네는 4층이었다. 그러니 우리가 7
층까지 올라올 일은 거의 없었다. 우리는 계단에 앉아 음악 시

간에 배운 '날개를 주세요'라는 노래를 함께 불렀다.

사토코는 목소리가 높은 편이라서 사토코에게 맞추려면 나는 가성으로 불러야 했다.

'슬픔이 없는 자유로운 하늘로.'

그래도 오랜만에 단둘이 있을 수 있다는 사실이 기뻤다.

'날개를 펄럭이며 날아가고파.'

노래가 끝나자 사토코는 입을 다물었다. 어느샌가 얼굴에서 빛이 사라져 있었다. 학교에서는 결코 보이지 않는 표정이었다.

"사토코, 왜 그래?"

"유리, 너 내가 우리 할아버지랑 같이 잔다는 거 다른 사람한테 말한 적 있어?"

그 말을 들은 순간, 몸이 뻣뻣하게 굳었다. 그것이 아무한테나 말하고 다니면 안 되는 얘기라는 건 누가 가르쳐주지 않아도 알고 있었다. 나는 간신히 입을 열어 대답했다.

"아무한테도 말한 적 없어…."

"너희 할아버지는 다른 사람한테 말했을까?"

사토코는 우리 할아버지 앞에서 그 이야기를 했던 것을 기억하고 있었다.

"안 하셨을 거야… 아마도."

단언할 수는 없었다. 하지만 할아버지는 더 이상 그 이야기를 꺼내지 않았다. 아마도 잊어버린 게 아닐까 싶었다. 요즘 들어 부쩍 건망증이 심해진 것 같기도 했다.

사토코는 가방을 끌어안은 채 자리에서 벌떡 일어났다.

그리고 내 귓가에 대고 이렇게 속삭였다.

"만약 다른 사람한테 말하면 죽여 버릴 거야."

숨이 턱 막혔다.

사토코는 말을 마치기가 무섭게 계단을 뛰어 내려갔다. 타닥 타닥 가벼운 발걸음 소리가 점차 멀어져갔다.

눈물은 나지 않았다.

죽여 버리겠다는 말을 들은 건 이번이 처음이 아니었다. 학교에서 입이 거친 남자애들이 서로 죽여 버리겠다며 드잡이하는 모습은 쉽게 볼 수 있었고, 피구 대회에서 초반에 공에 맞아 죽었을 때는 우승을 노리던 남자애가 나를 노려보며 죽여 버리겠다고 한 적도 있었다.

하지만 사토코의 입에서 나온 '죽여 버릴 거야'는 그보다 훨씬 더 무거웠고, 뚜렷한 형태를 갖추고 있었다.

그저 장난처럼 가볍게 던진 의미 없는 말이 아니었다.

마음이 아픈 건 사토코한테 그런 말을 들었기 때문이 아니었다.

사토코로 하여금 그런 말을 하게 만든 세상에 나도 가담했기 때문이다.

내 쪽에서 먼저 거리를 두었으면서 우리는 계속 친구라고 생각했다. 같은 반이 되었다고 기뻐하고, 같이 놀자는 말에 꼬리를 흔들며 따라왔다.

사토코가 무엇 때문에 상처를 받고 내게 그런 말을 한 것인지 이때는 아직 제대로 이해하지 못했지만, 그럼에도 나는 어렴풋이 깨닫고 있었다.

스스로가 결코 무고하지 않다는 사실을.

사토코한테 죽여 버리겠다는 말을 들었을 때보다 '할아버지와 한 이불을 덮고 잔다'라는 말이 무슨 의미인지 깨달았을 때가 훨씬 더 무서웠다.

초등학교 5학년 때 반에서 여자애들만 따로 모아 놓고 성교육을 한 적이 있었다.

우리 학교 아이들은 대부분 순박하고 얌전했다. 다소 불량스러운 아이들도 있었지만 그래도 기본적으로 다들 느긋하고 태평한 편이었다.

남자 몸과 여자 몸이 어떻게 다른지, 아이가 어떻게 생기는지도 그때 알았다. 다만 성교육에 사용된 슬라이드는 죄다 애매모호해서 거기서 말하는 '성'을 길가에 버려진 성인 만화라든지 지하철 안에서 어른들이 보는 스포츠 신문에 실린 헐벗은 여자들과 연결지어 생각하기는 어려웠다. 서점에서 내 몸을 쓰다듬은 남자의 손이라든지 갑자기 바지에서 자기 성기를 꺼내 보인 남자와도 잘 이어지지 않았다. 어쩌면 뭔가 관계가 있을지도 모르겠다는 생각이 들었지만 단지 그뿐이었다.

한편으로는 직감적으로 알 수 있는 것도 있었다.

친구들과 돌려 보던 만화책에는 성적인 뉘앙스를 풍기는 장면이 자주 등장했다. 남자 주인공과 여자 주인공이 밤을 함께 보내고, 두 사람이 하나가 되고, 여자아이가 강간을 당하기도 했다.

성교육과 만화책 사이의 간극을 메울 것을 찾지는 못했지만 우리는 어렴풋하게나마 이해했다.

성은 아이를 만드는 데 필요한 것이고, 두 사람이 서로 사랑하는 것이고, 그리고 때때로 폭력적이기도 하다는 것을.

성교육을 받고 반년 정도 지난 어느 날이었다.

나는 도서관에서 혼자 책을 고르고 있었다. 제일 좋아하는 것은 만화책이었지만 소설도 좋아했다. 특히 아르센 뤼팽이라든지 셜록 홈즈 같은 외국 소설을 즐겨 읽었다. 에도가와 란포의 괴도 20가면도 어딘지 모르게 외설적인 분위기가 느껴져서 좋았다.

그 책이 왜 거기 있었는지는 모르겠다. 아마도 누군가 실수로 잘못 꽂아 놓았던 게 아니었을까 싶다.

아동서 사이에 소설책 한 권이 꽂혀 있었다. 아동서와 헷갈릴 만도 했다. 표지에는 파스텔 톤의 소녀가 그려져 있었고, 본문에 사용된 글자 크기는 큼지막했으며, 어려운 한자에는 읽는 법이 표시되어 있었다.

나는 그 책을 빌려서 집으로 돌아왔다.

내 방 책상에 앉아 책을 읽기 시작했다. 읽을수록 뭔가 이상하다는 느낌이 들었다. 이야기 속에서 왕자님은 무참하게 목이 잘렸고, 공주님은 범해졌다. 범해진다는 것이 정확히 무슨 뜻인지는 몰랐지만 뭔가 성과 관련된 표현이라는 것은 알 수 있었다. 폭력에 의해 억지로 성적인 일에 관여하게 되는 것. 그것이 범해진다는 말이 의미하는 바인 것 같았다.

아마도 그 책은 동화를 기반으로 한 성인용 단편집이 아니었나 싶다. 사실 놀라움이나 당혹스러움보다는 흥분과 기대가 더 컸다. 잔인하고, 에로틱하고, 애들이 읽으면 안 되는 종류의 책이라는 사실을 본능적으로 깨달았기 때문에 그 책이 더욱 매력적으로 느껴졌다.

책에 실린 단편들 중에 이런 이야기가 있었다.

동화 '빨간 모자'의 패러디였다. 빨간 모자는 할아버지 문병을 가다가 숲에서 늑대를 만난다. 영리한 빨간 모자는 늑대의 꼬임에 넘어가지 않고 꽃 따는 데 정신이 팔리지도 않고 곧장 할아버지네 집으로 찾아간다.

병에 걸린 할아버지는 빨간 모자가 오자 커튼을 치고 불을 끄고 아무도 들어오지 못하게 방문을 걸어 잠근다.

빨간 모자는 눈치채지 못합니다. 왜냐하면 할아버지는 빨간 모자의 인자하고 다정한 할아버지이기 때문입니다.

할아버지는 빨간 모자를 무릎에 앉히고 몸을 더듬기 시작했습니다.

"할아버지는 왜 내 가슴을 만져요?"

"그건 네가 너무 사랑스럽기 때문이란다."

"할아버지는 왜 내 치마를 걷어요?"

"그건 네가 너무 소중하기 때문이란다."

"할아버지는 왜 내 속옷을 벗겨요?"
"그건 너를 사랑하기 때문이란다."

불쌍한 빨간 모자는 할아버지에게 먹혀 버렸습니다.

책이 손에서 툭 떨어졌다.

그 순간, 모든 것이 하나로 이어졌다.

만화책 속에 등장하는 덧없고 애절한 성과, 목욕할 때 본 아빠의 것과는 전혀 다른 모양을 한 변태가 꺼내 보인 성기와, 할아버지가 동요한 이유와, 그리고 사토코가 한 말.

— **다른 사람한테 말하면 죽여 버릴 거야.**

비명을 지르고 싶었다. 몰랐다고 해서 용서받을 수 있는 일이 아니었다.

그 순간부터 나는 할아버지와 아빠와 엄마를 증오했다.

그들은 사토코를 외면했다. 사토코가 먹히고 있는 줄 뻔히 알면서 보고도 못 본 척했다.

그리고 내 두 손 역시 같은 죄로 더럽혀져 있었다.

어른이 되어 다시 생각해 보니 우리 부모님과 할아버지에게도 동정의 여지는 있다. 내가 부모님 입장이었어도 사토코를 구할 수 있었을지는 알 수 없다.

당시에는 아직 아동 학대라는 말 자체가 생소한 시절이었고, 그리 친하지도 않은 이웃을 찾아가서 '이 집에서는 할아버지와 손녀를 한 이불에서 자게 하나요?'라고 묻는다는 게 쉬운 일은 아니었을 것이다.

만약 아무 일도 아니라면 사토코네 가족은 우리가 멋대로 오해한 것에 대해 불같이 화를 냈을 것이고, 우리가 정곡을 찌른 것이라면 그들은 사실을 은폐하기 위해 화를 냈을 것이다.

사토코에게 사실대로 말하라고 한들 일곱 살짜리 여자아이가 하는 말을 모두가 어디까지 믿어 주었을지는 의문이다.

아무 일도 아니라고 스스로를 납득시키고 잊어버리는 것이 가장 쉬운 방법이라는 건 나도 안다.

그래도 역시 생각하게 된다. 뭔가 할 수 있는 일이 있지 않았을까 하고. 사토코의 마음을 죽이지 않을 수 있는 방법이.

사토코와는 그날 7층에서 있었던 일 이후 거의 말을 섞지 않게 되었다.

주위에서 이상하게 여기지 않을 정도로 꼭 필요한 말만 하고, 그렇지 않을 때는 눈도 마주치지 않았다.

그로부터 3년이 지나 우리는 단지 근처에 있는 중학교로 진학했다.

단지에 사는 아이들은 대부분 같은 공립 중학교에 갔다. 사립 중학교 입시를 준비하는 아이도 있기는 했지만 반에서 한두 명 정도에 불과했다.

사토코의 단짝 친구도 사립 중학교 시험을 본다고 했다. 우리는 아직 어렸기 때문에 사립에 간다는 것이 남다른 재력과 교육열을 의미한다는 것은 알지 못했다. 그저 특이하다고 생각할 따름이었다.

그리고 그즈음 우리 단지에 동갑내기 여자아이가 이사를 왔다.

그 아이의 이름은 사카자키 마호였다. 키가 크고 마르고 항상 먼 곳을 바라보고 있었다.

어려서부터 발레를 배웠다고 했는데 그래서 그런지 등이 곧고 자세가 반듯했다.

초등학교를 졸업하고 중학교에 입학하는 시점에 이사를 왔기 때문에 엄밀히 말하자면 전학생은 아니었지만 거의 모두가 같은 초등학교 출신이었기 때문에 그 아이 혼자만 뭔가 다른 분위기를 풍겼다.

모두가 그 아이와 친해지고 싶어 했다. 엄청난 미인이라기보다는 쉽게 다가서기 힘든 기품이 느껴졌고, 나 역시 한눈에 그 아이에게 매료되었다.

초등학교와 달리 중학교부터는 단지에 사는 아이들이 함께 모여서 등하교를 하지는 않았다. 그러다 보니 같은 반이 아니면 친해지기가 어려웠다. 마호와 나는 반이 달랐기 때문에 이야기를 나눌 일도 없었다.

그 감정은 어딘지 모르게 사랑과 닮아 있었다. 나는 초등학생 때 같은 반 남자아이를 상대로 풋풋한 첫사랑을 경험했지만 지금은 그 아이의 이름도 기억나지 않는다.

그보다는 마호에게 느꼈던 감정이 훨씬 더 선명하게 남아 있다.

마호와 친구가 되고 싶었다. 하지만 정말로 친구가 될 수 있을 거라고는, 그것도 제일 친한 단짝 친구가 될 수 있을 거라고는 생각해 본 적도 없었다.

마호와 처음 대화한 것은 중학교 1학년 때의 어느 여름날, 단지 안에 있는 작은 서점에서였다.

나는 매대 앞에 서서 이번에 새로 나온 만화책을 정신없이 보고 있었다. 물론 기본적으로 책은 사서 읽어야 한다. 하지만 용돈을 다 쏟아부어도 읽고 싶은 만화책을 전부 다 사는 것은 불가능했다. 살 수 없는 책은 서점에 서서 읽을 수밖에 없는 것이다.

서점 주인 아줌마가 단골인 나를 어느 정도 눈감아 주는 측면도 있었다.

정신을 차려 보니 내 뒤에 마호가 서 있었다.

"그 책, 안 살 거야?"

마호가 반듯한 표준어로 또박또박 물었다. 나는 당황했다. 그 서점에서는 내가 보고 있던 만화책 신간을 한 권밖에 들여놓지 않았기 때문이다.

"어… 응."

나는 사지 않을 거라고 대답하며 책을 마호에게 건넸다. 마호는 책을 받아들더니 바로 계산대로 향했다.

계산을 마친 마호가 만화책을 들고 다시 내 쪽으로 돌아왔다.

"나 이거 금방 보니까 다 보고 빌려 줄까?"

"응?"

깜짝 놀랐다.

"어…"

"보기 싫어?"

따지는 듯한 목소리에 겨우 대답했다.

"보고 싶어…"

"그럼 조금만 기다려. 저기 벤치에서 보고 줄게."

마호와 나는 둘이서 단지 안에 있는 공원 벤치로 이동했다.

"1학년 3반 토츠카 유리 맞지? 알고 있어."

내가 자기소개를 하려고 하자 마호가 아무렇지도 않게 말했다.

"어떻게 알아?"

"같은 학교 다니고 같은 단지에 살잖아."

듣고 보니 맞는 말이었지만 마호가 나처럼 평범한 애를 인지하고 있었다는 사실이 믿기지 않았다.

나는 벤치에 앉아서 마호가 만화책을 보는 동안 옆에서 기다렸다.

생각해 보면 그냥 다음에 빌려 달라고 하면 되었을 텐데 왜 굳이 기다렸는지는 잘 모르겠다. 기다리는 동안 지루하기는커녕 마호와 함께 있을 수 있다는 사실이 행복했다.

마호는 정말로 책 읽는 속도가 빨랐다. 20분 만에 한 권을 다 보고는 "자" 하고 내게 내밀었다.

나도 그 자리에서 바로 읽기 시작했다. 마호는 집에 가지 않고 내 옆에 앉아 있었다.

뭔가 구름 위에 앉아 있는 듯한 기분이었다. 책 내용이 전혀 머리에 들어오지 않았다. 기계적으로 책장을 넘기다가 마호가 "거기 웃기지" 하고 말하면 퍼뜩 정신을 차렸다.

문득 시선이 느껴져서 고개를 들었다.

공원 반대편에 사토코가 서 있었다. 사토코는 나와 눈이 마주치자 고개를 휙 돌리고 가 버렸다.

마호가 말했다.

"누구야?"

"5반 히노 사토코."

"흐응… 쟤도 이 단지에 살아?"

나는 고개를 끄덕였다. 왠지 안 좋은 예감이 들었다.

아직 이때까지는 앞으로 우리를 옭아맬 것의 정체가 내게는 보이지 않았던 것이다.

2

어렸을 때는 언제나 조금 미래를 꿈꿨다.

중학생이 되면. 고등학생이 되면. 대학생이 되면. 거기까지는 그려 볼 수 있었다. 학창 시절을 배경으로 한 만화나 소설은 많았으니까.

하지만 그 후에 내가 어떻게 될지는 상상이 되지 않았다.

결혼해서 누군가의 아내가 되고 엄마가 된다. 아마 그렇게 되지 않을까 싶기는 했지만 그것은 가슴 뛰는 꿈도 아니었고 현실감도 없었다.

유치원 때 '내가 어른이 되면'이라는 주제로 그림을 그린 적이 있었다.

아이돌 가수가 된 모습을 그리는 아이, 마법사가 된 모습을 그리는 아이, 물론 여자아이들이 가장 많이 선택한 것은 '공주님'이었다.

아무도 공주님은 될 수 없다. 마법사도 될 수 없다. 대부분은 아이돌 가수도 되지 못할 것이다.

그리고 나는 엄마조차 되지 못했다.

내가 무엇이 될지 알았다면 유치원생이던 나는 뭐라고 생각했을까. 그런 생각을 하다가 문득 깨달았다.

미래 따윈 어차피 좋은 쪽으로든 나쁜 쪽으로든 내 마음대로 굴러가지 않는 것이니 그럴 바에는 차라리 애매모호한 편이 더 낫다고.

같은 초등학교에서 올라간 아이들이 대부분인데도 중학교의 분위기는 초등학교 때와는 완전히 달랐다. 잔잔한 바다를 항해하던 배에서 갑자기 조타수가 사라진 것 같은 느낌이었다.

폭풍우에 휘말린 기분이었다. 아무리 발버둥쳐도 도망칠 수 없다. 까딱 잘못했다가는 죽을지도 모른다.

어른이 된 후에 돌이켜보니 피하거나 막을 방법은 얼마든지 있었던 것 같은데 당시에는 아무도 우리를 구해 주지 않았다.

어른들에 대한 나의 불신감은 일찍이 사토코의 일과 관련해서 내 부모님과 할아버지가 보인 태도를 계기로 싹이 텄고, 이후 3년 동안의 중학교 생활을 거치면서 내 안에 확고하게 뿌리내리게 되었다.

아무도 우리를 구해 주지 않는다.

나는 괜찮다. 나는 살아남았다. 일단 도망치고 나면 중학교가 나를 쫓아오지는 않는다. 나를 쫓아온 것은 다른 것이고, 그건 우리 학교가 엉망이었던 것과는 아무 상관도 없다.

하지만 나는 그때 살아남지 못한 친구를 잊을 수가 없다. 그 것은 내가 가담한 또 다른 죄의 증거다.

중학교에서도 나는 변함없이 눈에 띄지 않는 부류였고 친구 도 별로 없었다.

사토코가 예쁘고 활발한 아이들과 어울리며 반에서 중심이 되는 그룹을 형성한 것과는 대조적으로 나는 몇몇 수수한 아 이들하고만 놀았다.

초등학교 때는 따로 특수학급으로 나뉘었던 장애아들도 중 학교 때부터는 한 반에서 지내게 되었다. 수업 시간에는 다른 교실로 이동하는 경우도 있었지만 조례와 종례, 쉬는 시간에는 함께였다. 그 아이들은 일부 잔인하고 폭력적인 학생들의 표적 이 되어 비웃음과 조롱을 받으며 장난감처럼 취급당했다.

나와 내 친구들이 장애가 있는 아이들을 돌보고 그들과 함께 어울리게 된 것은 우리가 착해서가 아니다. 아리사가 있었기 때 문이다.

마에지마 아리사. 자그마한 체구에 친화력이 뛰어난 소녀였 다. 중학생치고는 앳된 구석이 있어서 스스럼없이 친구들과 팔 짱을 끼거나 손을 잡곤 했다.

아리사에게는 언어장애가 있었다. 한 번에 제대로 말하지 못 하고 계속 말을 더듬었다. 지금 생각하면 발달장애도 있었던 것 같다. 자기 생각대로 말이 나오지 않는 것에 짜증을 내고 날뛸 때도 있었다.

그래도 나는 아리사가 좋았다. 남들처럼 매끄럽게 말하지는 못하지만 부족한 말을 보충하려는 듯 부드럽게 나를 붙잡는 손에서 아리사의 진심이 느껴졌다.

그리고 아리사는 같은 반에 있는 다운 증후군 소녀, 미나카미 리나코를 잘 돌봤다.

우리는 자연스럽게 아리사와 리나코, 이 두 사람과 함께 어울리게 되었다.

리나코는 알 수 없는 아이였다. 이쪽에서 말을 걸어도 제대로 대답도 안 하고, 살이 쪄서 공처럼 굴러다닐 것 같았고, 몸에서는 퀴퀴한 냄새가 났다. 내게 있어 리나코는 아리사에게 딸려오는 성가신 부록 같은 존재였다.

하지만 나는 본능적으로 이해하고 있었다. 리나코를 천덕꾸러기 취급하면 아리사가 상처받으리라는 걸.

같은 반 아이들 중 일부는 리나코와 아리사를 '자기들과는 완전히 다른 사람'이라고 보고 비웃거나 무시했다. 남자아이들은 두 사람에게 지우개를 던지고 가방을 창문 밖으로 던지고 실내화를 쓰레기통에 버렸다.

그들은 자기들과 그 둘 사이에 선을 긋고 있었다. 그리고 나는 아리사와 리나코 사이에 선을 긋고 있었다. 그 선의 존재가 아리사를 상처입혔다. 그래서 나는 그 선을 숨기기로 했다.

어른이 된 지금도 나는 여전히 선 긋는 행위를 그만두지 못

하고 있다.

이것과 저것 사이에 선을 긋고, 때로는 나 자신을 배제하기 위해 선을 긋는다. 나는 저들과 달리 가치 없는 존재라고 생각한다. 손에 닿지 않는 아름다운 것들과 스스로를 분리한다. 그렇게 함으로써 세계의 무자비함을 받아들이고 있는 것이다.

함께 지내다 보니 리나코에게도 귀여운 구석이 있다는 사실을 알게 되었다. 내가 한 농담이 마음에 들면 크게 웃으며 몇 번이고 다시 말해 달라고 졸랐다. 나는 외동이라 형제가 없기 때문에 나이 차가 많이 나는 여동생을 보는 것 같았다. 누군가가 나를 의지한다는 건 나쁘지 않은 기분이었다.

중학교 1학년 때 내가 학교에서 가장 많은 시간을 함께 보낸 친구들은 아리사, 리나코, 토모미, 나오코, 이 네 명이었다.

토모미는 어른스러운 성격에 말도 많은 아이로, 노트에 장편소설을 쓰고 있었다. 나오코는 우리 그룹에서는 드물게 성격이 활달한 편이었고, 반에서 인기 있는 무리와도 친했다. 언제든지 그쪽 무리로 옮겨갈 수 있었을 텐데 어째서 나오코가 우리와 계속 함께 있었는지는 잘 모르겠다. 아마도 착해서 그랬을 것이다.

토모미와 아리사는 미나미 단지에 살았다. 나오코와 리나코는 주택가에 있는 단독주택에 살았고, 히가시 단지에 사는 사람은 우리 그룹에서 나밖에 없었다.

나는 운동 신경이 형편없어서 일부에게는 완전히 애물단지 취급을 받았다. 체육 수업에서 핸드볼이나 배구를 할 때 나와 같은 팀이 되면 들으라는 듯이 혀를 차고 노골적으로 싫은 기색을 내비치는 아이들도 있었다.

그런 의미에서 보면 우리 반에서 꼭대기에 있던 아이들에게는 나도 아리사나 리나코와 다를 바 없는 존재였을지도 모르겠다.

솔직히 말해서 당시의 내가 그것을 어떻게 받아들였는지는 잘 기억나지 않는다.

분했던 것 같기도 하고 아무래도 상관없다고 생각했던 것 같기도 하다.

한 가지 확실한 것은 예쁘고 자신만만하고 쾌활한 아이들의 차가운 시선보다 내 손을 살며시 움켜잡는 아리사의 손이라든지 토모미가 말해 주는 재미있는 이야기라든지 나오코의 상냥한 마음씨가 내게는 훨씬 더 중요했다는 거다.

그리고 사카자키 마호의 존재도 컸다.

마호와 나는 급속도로 가까워졌다. 아침에는 시간을 정해서 함께 등교하고, 방과 후에는 서로의 집에 놀러 갔다.

마호네가 한부모 가정이라는 사실도 친해지면서 알게 되었다.

마호는 도쿄에서 태어났지만 부모가 이혼하고 엄마가 외할머니와 함께 살기로 해서 엄마 고향인 오사카로 돌아온 것이라고 했다.

마호는 나보다 용돈을 훨씬 더 많이 받았다. 이혼한 아빠가 주는 거라고 했다.

우리 엄마가 "마호네는 이혼할 때 위자료랑 양육비를 잔뜩 받았다니까"라는 말을 하는 걸 보면 단지 내에서 소문이 도는 것 같았다.

하지만 마호는 별로 행복해 보이지 않았다.

마호는 자주 이렇게 말했다.

"전에 살던 집은 2층에 내 방이 있었어. 지금은 장지문 하나 사이에 두고 바로 부엌이니까 숨이 막혀."

방 두 개에 부엌이 딸린 구조. 나는 태어났을 때부터 그 숨 막히는 공간에서 살아왔다. 나는 외동이어서 내 방이 있긴 했지만. 같은 단지에 사는 아이들은 보통 형제끼리 한방을 썼다. 혼자서 방 하나를 독차지할 수 있는 나나 마호는 충분히 호강하는 축에 들었다.

우리 집에서는 엄마도 아빠도 방이 따로 없었다.

마호가 예전에 살던 집은 어떤 곳이었을까. 만화나 드라마에 나오는 것처럼 거실에는 소파가 놓여 있고 꽃병에 생화가 꽂혀 있는 그런 집이었을까. 테이블에는 레이스로 된 식탁보가 깔려 있고 소파에는 화려한 장식용 쿠션이 놓여 있었을까.

내가 떠오르는 이미지를 말하자 마호는 웃으며 대답했다.

"피아노도 있었고, 오디오 세트도 있었어."

"피아노 배웠어?"

"응, 피아노는 별로 좋아하지 않았으니까 아무래도 상관없지만 발레를 그만두게 된 건 좀 슬펐어."

마호에게 딱히 악의를 품고 그런 말을 한 게 아니었다는 건 나도 안다. 하지만 마호에게 있어서 이 단지에서의 생활은 일종의 고행이었다.

마호는 내 인생에 처음으로 외부의 시점을 들여왔다. 단지에서 태어나고 단지에서 자라 단지 아이들하고만 놀던 나에게.

세상에는 더 우아하고 멋진 집이 있고 생활이 있다. 만화나 드라마에 나오는 생활을 실제로 영위하는 사람이 있다. 언젠가 나도 그런 집에 살 수 있을지도 모른다. 열심히 공부해서 돈을 많이 버는 직업을 갖게 되면 나만의 넓은 집을 마련할 수 있을지도 모른다. 그렇게 생각했다.

그러면서도 비굴해지지 않을 수 있었던 것은 어디까지나 우리 집은 평범한 편이고 마호네가 특별한 케이스라고 생각했기 때문이다.

마호가 내 친구로 있어 주는 것이 너무 기뻐서였는지도 모르겠다. 마호는 단 한 번도 내게 못되게 군 적이 없었고 나를 바보 취급하지도 않았다.

우리는 서로에게 만화책을 빌려주고 감상을 나눴다. 우리 둘 사이에서만 통하는 말이 있었다.

우리는 종종 만화책에 나오는 등장인물의 미래를 상상해서 이야기하곤 했다. 내가 상상한 이미지를 마호가 확장시켰고, 마호가 상상한 이미지를 내가 넓혀 나갔다.

이 만화와 저 만화의 캐릭터가 만나면 어떻게 될지를 생각했다. 그들이 어떤 대화를 나눌지 마호와 내가 한 명씩 캐릭터를 맡아서 연기해 보았다. 말하자면 인형 없는 인형 놀이인 셈이다. 몇 시간을 그러고 놀아도 질리지 않았다.

이어지는 내용은 각자 집에 돌아가서 교환일기를 썼다. 책상에 앉아 공부하는 척하면서 노트에 몇 장씩 써 내려갔다.

적어도 중학교 1학년 때까지는 나는 아직 불행하지 않았다.

학교 분위기는 점점 더 험악해져 갔지만 아직은 남 일처럼 바라보고 있을 수 있었다. 내 뒷담화를 하는 아이도 있었고 체육 시간에 대놓고 나를 욕하는 아이도 있었지만 그 정도는 참을 수 있었다.

저 멀리 어두운 하늘이 보이는 것만으로는 그것이 폭풍우가 되어 몰려올지 어떨지 알 수 없는 법이다.

조금씩 학교에 폭력과 광기가 스며들기 시작했다.

처음에 미치기 시작한 것은 남자아이들이었다. 교실 뒤에 모여서 담배를 피우기 시작했다. 담배꽁초를 넣은 빈 콜라 캔을 아무렇지도 않게 쓰레기통에 버렸다.

청소 당번을 제대로 하는 아이는 점점 줄어들었다. 가게에서 물건을 훔쳤다느니 다른 중학교 애들한테 돈을 뜯었다느니 하는 얘기를 자랑스럽게 떠들어댔다.

초등학생 때는 장난을 좋아하고 말썽을 피우기는 해도 악의는 없어 보였던 남자아이들이 자기 안의 사납고 포악한 충동을 제어하지 못하고 미쳐 날뛰는 것 같았다.

교실의 유리창이 깨졌다. 싸우다가 계단에서 굴러떨어지는 바람에 뼈가 부러진 아이도 있었다.

그런 일이 생기면 혼내고 꾸짖는 선생님도 있었지만 모른 척 넘어가는 선생님도 많았다.

점심시간이 끝나고 담배 냄새가 풀풀 풍기는 교실에 들어와서는 눈썹 하나 까딱하지 않고 창문을 열어 환기를 하고 수업을 시작했다.

그중에서도 가장 질이 나쁘기로 유명한 것이 5반, 그러니까 사토코네 반 아이들이었다.

그 반에는 3학년들보다도 키가 더 큰 호소오라는 남학생이 있었다. 그 아이는 수업 중에 갑자기 밖에 나가 담배를 피우는 등 교사와 교칙을 대놓고 무시한다고 했다.

호소오네 무리가 모여 있으면 모두 눈치를 보며 피해 다녔다. 교사도 마찬가지였다. 아무도 그 아이들에게 주의를 주지 않았다. 체육관의 창문을 깨고 복도에서 발차기를 해서 벽에 구멍을 냈다. 괜한 트집을 잡아서 누군가를 두들겨 패는 일은 자주 있었다.

사립 중학교에 다니던 지인이 내게 이렇게 물은 적이 있다.

"미나미 9 중학교는 안 좋은 학교라며?"

나는 대답하지 못했다. 미나미 9 중학교 말고 다른 학교는 어떤지 모르니까.

하지만 어디나 다 비슷하지 않을까 싶었다. 만화책에 나오는 불량 청소년들은 다들 우리 학교 아이들처럼 담배를 피우고 패싸움을 했다. 선생님들도 딱히 주의를 주지 않는 걸 보면 이게 보통인 것이 아닐까.

나는 그즈음부터 공부를 열심히 하기 시작했다.

불량한 아이들은 다들 성적이 그리 좋지 않았다. 같은 공립이라도 공부를 잘하는 학교에 가면 그 아이들과 떨어질 수 있었다.

나는 본능적으로 깨달았던 것이다. 그들의 일탈은 불량하다는 말로는 충분히 제대로 표현할 수 없는, 광기에 가까운 것이라는 걸.

도망쳐야만 한다. 저들과 거리를 두지 않으면 분명 끔찍한 일이 일어날 것이다. 아마도 우리 학교에서 나와 비슷한 생각을 하는 학생은 적지 않았을 것이다.

눈치채지 못한 건 교사들뿐이었다.

그 일이 있었던 것은 1학년 3학기, 1월이었다.

나는 교환일기를 마호에게 전달하기 위해 점심시간에 마호네 교실로 향했다. 아침에 마호한테 받은 교환일기가 너무 재미있어서 나도 자습 시간을 이용해서 기나긴 답장을 쓴 참이었다.

빨리 마호에게 보여 주고 싶었다. 도시락을 서둘러 먹어 치우고 혼자만 먼저 자리에서 일어나 마호를 찾아간 것이다.

마호네 교실에 도착해서 미닫이문을 열고 안을 들여다보았다. 남자도 여자도 각각 친한 아이들끼리 책상을 붙여서 도시락을 먹고 있었다.

마호는 어디 있을까. 나는 고개를 두리번거리며 교실 안을 둘러보았다.

마호는 창가 쪽 자리에 있었다. 혼자 덩그러니 앉아서 젓가락을 움직이고 있었다.

나는 헉하고 숨을 들이마셨다. 지금 눈앞에서 벌어지고 있는 상황이 이해가 가지 않았다.

반에서 늘 바보 취급당하는 나조차도 점심 도시락을 함께 먹을 친구는 있다. 만약 아무도 나와 함께 먹어주지 않는다면 나는 도저히 그런 상황을 견딜 자신이 없었다. 무서워서 등교할 엄두조차 나지 않을 것이다.

하지만 마호는 등을 곧게 펴고 아무렇지도 않게 도시락을 먹고 있었다.

그냥 돌아갈 생각이었다. 내가 봤다는 걸 알면 마호가 싫어할 것 같았다. 그대로 뒤로 돌아 나가려는데 문 앞에 앉은 남자애가 내게 물었다.

"누구 찾아?"

"어…"

적당히 둘러대려고 하는데 마호가 이쪽을 돌아보았다. 마호의 눈이 동그래지더니 표정이 확 밝아졌다.

나는 마호에게 손을 흔들어 보였다. 교실 안으로 들어가 마호가 있는 자리까지 갔다.

"이 시간에 웬일이야? 도시락 벌써 다 먹었어?"

우리는 친했지만 누가 교과서나 준비물을 가져오지 않아서 빌려야 할 때를 제외하면 서로의 교실을 오가는 일은 거의 없었다.

"응, 우리 2교시가 자습이어서 교환일기 써 왔어."

"진짜? 보여 줘."

마호는 내가 온 것을 반기는 눈치였다. 마호 주위에 맴돌던 긴장감이 다소 누그러진 듯한 느낌이 들었다.

아마도 신경을 바짝 곤두세운 채 주위 시선을 쳐내 가며 도시락을 먹고 있었을 것이다.

나는 마호에게 작은 목소리로 속삭였다.

"있지, 너만 괜찮으면 내일부터 우리 반에 와서 같이 먹지 않을래?"

나오코도 토모미도 아리사도 싫어하지는 않을 것이다. 리나코도 누군가를 거부하거나 하는 일은 없었다.

마호는 울 것 같은 얼굴로 웃으며 대답했다.

"응, 고마워. 갈게."

왜 더 일찍 알아차리지 못했을까. 마호가 반에서 고립되어 외톨이로 지내고 있을 거라고는 생각도 하지 못했다. 마호도 아무 말도 하지 않았다.

마호는 일기장을 가슴에 꼭 끌어안으며 말했다.

"유리 너랑 친구여서 정말 다행이야."

내가 그런 말을 들을 자격이 있을까. 나는 마호가 반에서 무시당하고 있는 줄도 몰랐는데.

문득 사토코의 얼굴이 떠올랐다.

사토코를 잃은 것처럼 마호를 잃게 되는 일만은 피하고 싶었다.

봄이 되어 우리는 2학년으로 올라갔다.

반 배정표가 복도에 나붙었다. 가장 먼저 내 이름이 어디 있는지 찾고, 그러고 나서 같은 반에 누가 있는지를 확인했다.

마호의 이름을 발견하고 환성을 질렀다. 아리사도 같은 반이었다. 토모미와 나오코와는 반이 갈렸지만 그래도 친구가 한 명도 없는 것보다는 나았다.

리나코도 다른 반이었다. 토모미나 나오코와도 반이 갈린 것을 보니 조금 걱정이 되었다. 과연 새 반에서 나오코를 돌봐줄 사람이 있을까.

남자 쪽 명단을 확인하던 나는 흠칫 놀랐다. 호소오의 이름이 있었다.

호소오는 내 이름 따위는 알지도 못할 것이다. 하지만 우리 학교에서 그들 무리를 제외하고 호소오와 같은 반이 되고 싶어하는 사람은 아무도 없었다.

마호와 아리사와 같은 반이 되어서 기쁜 것보다 호소오와 같은 반이 되어서 두렵다는 감정이 더 컸다. 담임은 남자 수학 선생님이었다. 다른 선생님들보다는 엄격한 편이었지만 호소오를 제어할 수 있을지는 미지수였다.

누가 내 어깨를 탁 쳤다. 뒤를 돌아보자 사토코가 서 있었다.

"같은 반이네."

"응?"

그 말을 듣고 다시 한 번 벽에 붙은 종이를 들여다보았다. 사토코도 나와 같은 2반이었다.

"아, 진짜네."

사토코와 마지막으로 대화를 나눈 것은 1년도 더 전이었다.

사토코는 왜 내게 말을 걸어온 걸까. 반에 친한 애가 없어서? 하지만 그렇다고 해서 사토코가 우리와 함께 어울릴 것 같지는 않았다. 사토코라면 얼마든지 새 친구를 사귈 수 있을 터였다.

우리 두 사람의 길은 이미 완전히 어긋나서 두 번 다시 교차할 일은 없을 것 같았다. 사토코가 항상 즐거워 보여서 나는 사토코에 대한 죄책감과 죄의식을 잊고 있었다. 계속 떠올리기에는 너무 무거운 감정이었기에 가슴속 깊이 밀어 넣어 둔 것이다.

사토코네 할아버지가 사토코에게 무슨 짓을 했는지 증거는 아무것도 없다. 어쩌면 그냥 내가 오해한 것일 수도 있다고 스스로에게 최면을 걸면서.

사토코는 그 말만 하고는 옆에 있던 친구와 즐겁게 이야기를 나누기 시작했다. 나와 더 얘기할 마음은 없어 보였다.

학생들로 북적이는 게시판 앞을 빠져나오자 아리사가 보였다. 그쪽으로 가서 말을 걸려다가 멈칫했다.

아리사 옆에서 리나코가 울고 있었다. 아리사는 리나코를 열심히 달래고 있었다.

"괜찮아. 나도 4반에 자주 놀러 갈 거고, 금방 새 친구도 사귈 수 있을 거야."

이 학교는 잔잔한 바다를 건너는 배가 아니다. 폭풍우가 휘몰아치는 바다 위를 필사적으로 헤쳐나가고 있었다. 리나코는 정말로 괜찮을까.

왜 학교 측에서는 아리사와 리나코를 갈라놓은 걸까. 어쩌면 큰 의미는 없었을지도 모른다.

장애가 있는 학생을 한 반에 몰아넣는 것이 좋지 않다고 판단한 것인지도 모른다. 그 판단이 어떤 결과를 낳을지 충분히 고민했을 것 같지는 않았다.

중학교 2학년은 내게 지옥과도 같은 시간이었다.

시작은 그리 나쁘지 않았다. 나와 마호와 아리사는 항상 셋이 함께 움직였고 점심시간에는 함께 모여 앉아 도시락을 먹었다. 우리는 여전히 반에서 무시당하는 존재였지만 그렇기 때문에 호소오 무리가 우리를 표적으로 삼는 일은 없었다.

마호가 왜 1학년 때 반에서 고립되었는지 같은 반이 되고 나니 알 것 같았다.

영어를 배웠던 마호는 영어 수업 때 선생님에게 지명을 당하면 유창한 발음으로 교과서를 읽었다. 다른 아이들에게 놀림을 당하고 아이들이 자기 흉내를 내도 그만두지 않았다. 이 지역 사투리를 쓰지 않고 계속 반듯한 표준어를 사용하는 것도 일부 학생들의 반감을 샀을 것이다.

처음 이사 왔을 때 단지 내 아이들을 한눈에 사로잡았던 도시적이고 세련된 이미지가 시간이 지남에 따라 고립의 이유가 되었다.

곧게 뻗은 등과 당당하게 치켜든 턱. 마호는 아이들에게 아무리 놀림이나 괴롭힘을 당해도 전혀 개의치 않는 것 같았다. 속으로는 상처를 받았겠지만 결코 겉으로 드러내지 않았고, 그에 관해 언급하는 일도 없었다.

내가 있으면 마호는 고립되지 않았다.

오히려 걱정이 되는 것은 사토코였다. 예상했던 대로 사토코가 내게 말을 거는 일은 거의 없었다.

사토코는 여자애들뿐만 아니라 호소오와도 친하게 지냈다. 호소오는 사토코의 어깨를 끌어안고 허리에 팔을 감기도 했다. 둘이 사귄다고 보는 아이들도 많았다.

둘이 교실 뒤에서 투닥거리며 장난을 치다가 교성을 내지르기도 했다.

나도 이미 초경을 경험한 상태였고 조금씩 부풀어 오르기 시작한 가슴에 브래지어를 차고 있었다. 스스로가 더 이상 어린애가 아니라는 사실은 이해했지만 사토코는 너무 빨리 어른이 되어버린 것 같았다.

내가 우려한 것은 사토코가 호소오와 함께 어울리는 것이 어떤 결과를 가져올지 모른다는 점이었다.

호소오는 교실 안에서는 압도적인 강자였다. 교사들조차 그를 두려워해서 호소오가 담배를 피우든 다른 학생을 때리든 아무 말도 하지 않았다. 호소오는 그만큼 막대한 권력을 쥐고 있었다.

호소오와 함께라면 아무것도 걱정할 필요가 없었고, 아무도 사토코를 건드리지 못할 터였다.

하지만 그게 과연 언제까지 이어질까.

호소오의 가족 중에 조폭이 있다는 소문도 돌았다. 만약 그 소문이 사실이라면 교실 안에서의 권력과는 비교도 되지 않을 정도로 골치 아픈 결과를 낳게 될지도 모른다.

시곗바늘이 천천히 돌아가기 시작했다.

그날 아침의 일은 지금도 똑똑히 기억한다. 여름 방학을 앞두고 다들 한껏 들떠 있던 시기였다.

조례 시간이 되었는데도 담임은 나타나지 않았다. 옆 반을 정찰하러 갔던 아이의 말에 따르면 1반도 3반도 모두 같은 상황이라고 했다.

호소오와 사토코는 학교에 오지 않았지만 두 사람의 무단결석은 드문 일이 아니었기에 아무도 이상하게 생각하지 않았다.

젊은 부담임이 와서 모두 자습하라고 했다. 2교시도 자습이었다. 3교시가 되자 체육관에 집합하라는 안내 방송이 나왔다.

전교생이 모인 자리에서 교장 선생님이 침통한 목소리로 말했다.

"어젯밤에 우리 학교 학생이 사고로 죽었습니다. 2학년 4반 미나카미 리나코 양입니다."

그 순간, 우리 반 여자애들 사이에 감돌던 긴장감이 안도로 바뀌는 것이 느껴졌다.

죽은 사람은 내 친구가 아니다. 대부분이 그렇게 생각했을 것이다. 손이 부들부들 떨렸다. 함께 어울려 다니던 나조차 리나 코에 대해서는 거의 아는 게 없었다. 같은 반 아이들이 안심했다고 해서 내게 그것을 비난할 자격 따위는 없었다.

다음 순간, 아리사가 소리를 내질렀다.

갈라진 목소리로 동물처럼 부르짖었다. 몇 번이고 발을 동동 굴렀다. 나는 아리사의 어깨를 감싸 안았다.

"아리사, 아리사."

말로 표현할 수 없는 감정을 쏟아내는 것처럼 아리사는 끙끙 거리며 내 팔을 마구 때렸다.

교사가 달려왔다.

"아리사, 조용히 해!"

친구가 죽었는데도 우리는 얌전히 있어야 하는 걸까. 나는 아리사의 어깨를 힘껏 끌어안았다. 마호가 걱정스러운 눈길로 이쪽을 보고 있었다.

"밖으로… 제가 밖으로 데리고 나갈게요…"

리나코는 아리사의 소중한 친구였다.

나는 체육관을 나와 아리사를 보건실로 데려갔다. 아리사는 성대가 짓눌린 듯한 소리로 울부짖으며 몇 번이고 내 팔과 어깨를 때렸다.

양호 선생님이 아리사를 제지하려고 했지만 나는 괜찮다고 하고 아리사가 하고 싶은 대로 내버려두었다. 나는 결국 단 한 번도 리나코에게 진심으로 친절하게 대한 적이 없었다. 아리사가 상처받을까 봐 친절하게 구는 시늉을 했을 뿐이다.

이때까지도 나는 아직 리나코가 교통사고 같은 사고를 당한 줄만 알았다.

이윽고 조금 진정이 된 아리사를 양호 선생님께 맡기고 교실로 돌아왔다.

수업은 시작되지 않은 상태였다. 모두 자기 자리에 앉지 않고 여기저기 모여서 수군대고 있었다.

뭔가 이상하다는 생각이 들었다. 사고로 학생이 죽었다고 해서 오전 수업을 전부 다 취소한다는 게 말이 되나?

그때 히가시 단지에 사는 키요미가 내게 다가왔다.

"유리, 들었어?"

키요미가 말을 이었다.

"리나코를 죽인 게 호소오네 무리래."

그건 사고가 아니었다.

전날 방과 후에 일어난 일이었다. 무엇이 계기였는지는 알 수 없다.

리나코가 호소오의 신경에 거슬리는 짓을 했을 수도 있고, 그냥 호소오의 기분이 좋지 않을 때 재수 없게 리나코가 걸린 건지도 모른다.

방과 후 체육관 옆에서 리나코는 호소오 무리에게 폭행을 당했다. 그들은 맞아서 쓰러진 리나코의 머리를 발로 차고 배를 걷어찼다.

동아리 활동으로 학교에 남아 있던 많은 학생들이 그 모습을 보고 있었다. 보면서 '자주 있는 일이네' 하고 넘겼다.

실제로 그런 광경은 우리에게 일상이나 다름없었다. 그저 일상과 죽음이 한곳에 공존하고 있었을 뿐이다.

리나코의 몸은 고무공처럼 둥글고 말랑말랑해서 아무리 때리고 걷어차도 느낌이 오지 않았다고, 그래서 점점 더 세게 때렸다고, 붙잡힌 아이들이 그렇게 말했다는 소문이 돌았다.

그 소문이 진짜인지 아닌지는 알 수 없다. 하지만 만약 그것이 사실이라면 그런 현실 따위는 흔적도 없이 사라져 버리면 좋겠다고 생각했다.

아리사는 그날 이후 학교에 오지 않았다.

그리고 나는 또 하나의 무서운 사실을 알게 되었다.

리나코가 맞고 있을 때, 바로 그 장소에 사토코도 함께 있었다는 사실을.

그날 이후 학교는 완전히 변했다.

리나코를 폭행한 호소오와 다른 두 명은 소년원에 가게 되었다. 사건은 언론에 보도되었지만 이름은 공개되지 않았다.

학교에는 선생님이 여러 명 새로 왔다. 그들은 추리닝 차림에 죽도를 손에 들고 학생들을 윽박질렀다.

담배를 피우는 학생도, 수업을 땡땡이치는 학생도 순식간에 사라졌다. 불량 학생 세 명이 소년원에 보내졌을 뿐인데 학교 분위기가 완전히 바뀌었다. 수업 중에 잡담하는 학생마저 자취를 감추었다. 교사의 체벌이 당연해졌고, 파마를 했다는 이유로 선생님에게 얻어맞은 여학생도 있었다.

변해 가는 학교를 보며 나는 강한 무력감에 사로잡혔다.

만약 사건이 일어나기 전에 지금 하는 것의 절반이라도 학생들을 단속했더라면 리나코는 죽지 않았을지도 모르는데.

사토코를 보는 주위의 시선도 달라졌다.

사토코는 우리 반 최고의 권력자이자 인기인이었지만 이제는 더 이상 아무도 사토코에게 말을 걸지 않았다. 근처에도 가지 않았다.

점심시간이 되면 사토코는 도시락을 들고 어디론가 사라졌다. 어디서 먹는지는 알 수 없었다. 소문으로는 화장실 변기에 앉아 먹는다고 했다.

어떻게 해야 할지 혼란스러웠다.

사토코에게 손을 내밀어야 할까. 하지만 아리사를 생각하면 도저히 발이 떨어지지 않았다.

만약 아리사가 학교에 돌아와서 내가 사토코와 함께 있는 모습을 보면 뭐라고 생각할까. 분명 나를 용서하지 않을 것이다.

적어도 사토코가 내게 도움을 요청했다면 나도 그 손을 내치지는 않았을 것이다. 마호는 화를 내겠지만 나와 사토코 사이에는 마호가 알지 못하는 시간이 있었으니까.

하지만 사토코는 내게 말을 걸지 않았고 시선이 마주치는 일도 없었다.

교실에서는 입을 꾹 다문 채 아무 말도 하지 않았고, 쉬는 시간이 되면 모습을 감추었다.

이윽고 학교에 나오지 않게 되었다.

빈 책상을 보며 나는 또 한 번 사토코를 구할 기회를 놓치고 말았다는 사실을 깨달았다.

리나코의 죽음과 관련해서 사토코에게 아무 잘못이 없다고는 생각하지 않았다. 현장을 목격한 학생들의 말에 따르면 사토코가 리나코를 직접 때리거나 발로 차지는 않았지만 옆에서 웃으며 쳐다보고 있었다고 했다.

하지만 지금까지도 누가 리나코에게 지우개를 던지거나 누군가 일부러 내민 발에 리나코가 걸려서 넘어지거나 하면 모두 웃으며 그 모습을 바라보고 있었다. 넘어진 리나코를 일으켜 세우고 주위를 노려본 사람은 아리사뿐이었다. 아이들은 주눅이 들기는커녕 오히려 아리사의 더듬거리는 말투를 흉내 내며 웃음거리로 삼았다.

리나코를 놀리고 조롱하던 다른 아이들과 사토코 사이에 얼마나 큰 차이가 있을까.

사실 그들도 리나코가 맞는 모습을 보고도 못 본 척하지 않았는가.

그리고 나 역시 리나코가 잘 지내는지 확인하기 위해 4반에 가 본 적은 한 번도 없었다. 아리사 앞이니까 어쩔 수 없이 챙기는 척하기는 했지만 속으로는 리나코를 성가시게 여긴 것이 사실이었다.

아리사와 리나코는 매일 학교가 끝나면 함께 집으로 돌아갔지만 사건이 일어난 그날은 아리사가 병원에 가느라 학교에 오지 않았었다.

내가 함께 돌아가자고 했더라면 리나코가 혼자 남아 호소오 무리의 표적이 되는 일은 없었을 것이다.

이런 생각을 하는 건 사토코가 학교에 나오지 않게 된 데에는 내게도 책임이 있다는 죄의식 때문이었다.

사토코가 반에서 모두에게 무시당하고 있었을 때는 나도 사토코 근처에 가지 않았으니까.

중학교 2학년 겨울이 오기 전에 나는 많은 친구를 잃었다.

내게는 이제 마호밖에 없었다.

그해 12월, 마호네 할머니가 아파트 계단에서 굴러 허리가 부러지는 바람에 병원에 입원했다.

마호네 엄마는 일을 하기 때문에 마호가 할머니 문병을 가서 필요한 물건을 가져다드리고 세탁물을 가져왔다. 병원까지 가는 버스가 있어서 가끔은 나도 함께 갔다.

예순다섯이 넘어서 뼈가 부러진 것이다 보니 이대로 다시 걷지 못하게 될 수도 있는 상황이었지만 다행히 재활 훈련은 순조롭게 진행되고 있는 듯했다.

버스 안에서 마호가 쿡쿡 웃으며 말했다.

"재활 훈련을 도와주는 선생님이 젊고 멋있는 남자 선생님이 거든. 우리 할머니, 그래서 열심히 하는 거야."

"그게 뭐야. 이상해."

내가 질색하자 마호도 "그러니까" 하고 웃었다.

열네 살의 나는 어른은 아이와는 전혀 다른 생물이라고 믿고 있었다. 어른이 된 순간, 모든 기대와 흥분과 두근거림이 전부 다 사라질 거라고 생각했다.

그날은 마호네 엄마도 야근을 하느라 늦을 거라고 했다. 그럴 때면 마호는 종종 우리 집에서 함께 저녁을 먹고 숙제를 했다.

마호는 똑똑하고 어른들이 좋아하는 모범생 타입이었기 때문에 우리 부모님도 마호가 놀러 오는 건 대환영이었다.

부모님이 마호를 대하는 태도에 거짓은 없었다고 생각한다. 가끔 마호가 없는 자리에서 "마호네는 아빠가 바람을 피워서 이혼하게 된 거래", "그래서 마호네 엄마가 남편한테 양육비를 많이 받고 있대" 같은 말을 하기는 했지만.

잔인함과 상냥함은 때때로 한곳에 공존하기도 한다. 하지만 우리 부모님이 그런 말을 하는 걸 마호가 알았더라면 더 이상 우리 집에 놀러 오지 않았을 것이다.

그날은 숙제가 어려워서 정신을 차리고 보니 9시가 넘어 있었다.

엄마가 다정하게 말했다.

"마호야, 지금쯤이면 엄마가 돌아오시지 않았을까?"

"아, 그러게요. 이만 가 볼게요."

나는 샤프를 내려놓고 자리에서 일어났다.

"마호 데려다주고 올게."

어차피 같은 단지 안이지만 그것은 일종의 의식 같은 거였다. 내가 마호네 집에 놀러 갔을 때는 마호가 나를 우리 집까지 바래다주었다. 그 반대도 마찬가지였다.

그렇게 하면 조금이라도 더 오래 같이 있을 수 있었다. 바래다준 집 앞에서 선 채로 한참 동안 이야기를 나누기도 했다.

"늦었으니까 빨리 데려다만 주고 와."

"네."

우리 집에서 자고 가면 좋을 텐데. 한방에 이불을 나란히 깔고 누워 자면 좋을 텐데, 하고 생각했다.

단지 내 공터에 텐트를 치고 거기서 마호와 둘이 사는 모습을 그려 보기도 했다. 초등학교 때 갔던 여름 캠프에서처럼 반합에 밥을 지어 카레를 만들어 먹는 거다.

가능할 것 같은데 왜 아무도 하지 않는 걸까.

그날은 우리 동 1층 계단 앞에서 긴 수다를 떨었다. 최근에 생긴 '치한 주의'라는 간판 옆에서 이런저런 이야기를 했다.

마호와는 많은 이야기를 나누었지만 리나코나 사토코에 대해 말한 적은 없었다. 아리사가 다시 학교에 나오길 바랐지만 어떻게 하면 좋을지 알 수가 없었다.

반장이 아리사네 집까지 찾아갔지만 직접 만나지는 못한 모양이었다. 소문으로는 특수학급이 있는 학교로 전학을 갈 거라고 했다.

그곳에서라면 지내기가 편할까. 아리사는 거기서 상처받는 일 없이 잘 지낼 수 있을까.

한참을 떠들다가 마호가 화들짝 놀라 자기 집 쪽을 돌아보았다.

"큰일났다. 엄마가 돌아왔을 때 내가 집에 없으면 화낼 거야. 그럼 나 간다."

"응."

마호는 가방을 손에 들고 뛰어갔다. 길가에 서 있는 흰색 미니밴 옆을 지나갔다.

나는 뭔가 아쉬운 마음에 마호를 눈으로 배웅하고 있었다. 그래서 바로 알아챘다. 흰색 미니밴이 천천히 움직이기 시작한 것을.

안 좋은 예감이 들었다. 자연스럽게 다리가 움직였다.

우리 동과 마호네 동 사이에는 공원이 있었다. 가로등은 있지만 이 시간대에는 보통 아무도 없었다.

공원 앞까지 왔을 때였다. 미니밴이 길가에 멈춰 서더니 차에서 내린 남자가 마호의 팔을 붙잡았다.

덩치가 크고 마스크를 쓴 남자였다. 마호는 필사적으로 남자의 팔을 뿌리치려고 했지만 힘으로 당해낼 수 있을 리가 없었다. 남자는 마호를 억지로 차에 태우려고 했다.

비명도 나오지 않았다. 목이 꽉 막혀서 그대로 굳어 버린 것 같았다.

그래도 나는 달렸다. 온몸으로 남자에게 태클을 걸었다.

"유리!"

"마호, 도망쳐!"

도망쳐서 사람을 불러와. 그렇게 소리치려고 하는데 남자가 내 목을 움켜쥐었다. 숨을 쉴 수가 없었다.

다리에서 힘이 빠져나가서 서 있을 수가 없었다. 나는 그 자리에 천천히 주저앉았다. 그 순간, 남자의 손이 떨어져 나갔다. 마호가 등 뒤에서 남자를 붙잡고 있었다.

남자는 마호를 확 밀치더니 배를 힘껏 걷어찼다.

죽을지도 모른다. 마호가 죽을지도 모른다.

그때 뭔가가 손에 닿았다. 식칼이었다. 아마도 남자가 마호를 위협하기 위해 갖고 있던 물건인 듯했다.

나는 칼을 집어 들었다. 그대로 정면에서 남자의 몸을 향해 돌진했다.

저항을 느낀 것은 잠시뿐이었다. 있는 힘을 다해 칼을 밀어 넣자 내 손은 남자의 배 속으로 쑥 빨려 들어갔다.

남자는 몸을 웅크린 채 주저앉아 있었다.

마호가 멍하니 있는 나를 일으켜 세웠다.

"도망치자."

내 양손은 피투성이였지만 다른 곳은 멀쩡했다.

남자는 아직 살아 있었다. 등을 둥글게 말고 거친 숨을 내쉬었다.

"빨리 도망치자! 정당방위였으니까!"

마호의 말은 앞뒤가 맞지 않았지만 나는 고개를 끄덕였다. 우리는 서로 다른 방향을 향해 달렸다. 외부 수돗가에서 손을 씻었다. 피가 묻은 수도꼭지도 몇 번이고 반복해서 씻었다.

식칼에서 지문을 지우지 않았다는 사실을 깨닫고 숨이 턱 막혔다. 하지만 공원으로 다시 돌아갈 수는 없었다.

나도 호소오처럼 소년원에 가게 되는 걸까. 열네 살이니까 신문에 이름이 실리지는 않겠지만 호소오 같은 애들과 같은 공간에서 지낼 생각을 하자 눈앞이 캄캄해졌다.

마호가 말한 것처럼 정당방위가 인정되면 좋을 텐데. 그대로 가만히 있었다면 마호는 납치당했을 것이다. 끌려가서 죽었을지도 모른다.

호소오네 무리가 리나코를 죽인 것과는 상황이 다르다.

집에 돌아오자 부모님은 TV를 보고 있었다.

"데려다만 주고 오랬잖아."

"응… 마호랑 얘기하느라…."

목소리가 떨렸지만 부모님은 아무것도 눈치채지 못한 것 같았다.

"빨리 씻고 나와."

"응."

욕실에 들어가 머리를 감고 몸을 구석구석 꼼꼼히 씻었다. 손톱 사이에 피가 고여 있는 것을 발견하고 흠칫 놀랐다.

이제 다 끝났다고 생각했다. 내일부터 나는 또 새로운 폭풍우 속에 내던져질 것이다. 붙잡을 것도 매달릴 것도 없었다.

욕실에서 나와서 부모님께 자기 전 인사를 하고 내 방으로 돌아왔다.

이런 상태에서 도저히 잠이 올 것 같지 않았지만 예상과는 달리 침대에 누워서 눈을 감자마자 깊은 잠에 빠져들었다.

다음 날 아침, 엄마가 나를 흔들어 깨웠다.

"오늘은 학교 가지 말고 집에서 쉬는 게 좋겠다."

갑작스러운 엄마의 말에 나는 다 들킨 거라고 생각했다.

"엄마⋯."

엄마는 내 양팔을 꽉 붙잡더니 이렇게 말했다.

"유리, 잘 들어. 어젯밤에 우리 단지에서 어떤 남자가 살해당했대."

알고 있어. 내가 죽였으니까.

엄마가 말을 이었다.

"경찰이 와서 사토코를 잡아갔어. 남자가 사토코를 칼로 위협해서 차에 태우려고 하길래 사토코가 저항하면서 남자랑 몸싸움을 벌이다가 그만 죽여 버렸대."

엄마가 무슨 말을 하는 건지 이해가 가지 않았다.

"사토코가⋯?"

"그래, 그러니까 오늘 학교 가면 애들이 이것저것 물어볼 거 아냐. 유리 넌 사토코랑 친했으니까."

다 옛날 얘기다. 지금 우리 학교에서 나와 사토코가 예전에 친구였다는 사실을 아는 사람은 아무도 없다.

학교에 가지 않아도 되는 건 다행이었다. 이런 상태로 평소처럼 행동할 수 있을 것 같지 않았으니까.

그러고는 문득 깨달았다.

그 공원은 사토코의 방에서 내려다보이는 위치에 있었다.

3

밤 사이에 다른 세계로 옮겨 오기라도 한 것 같았다.

간밤에 내가 꿈이라도 꾼 걸까, 아니면 지금 이게 꿈인 걸까.

지금 밟고 선 땅이 당장이라도 무너져내릴 것만 같고 내 눈으로 직접 본 것도 믿을 수가 없었다. 그저 두려울 따름이었다.

사토코가 잡혀갔다면 나는 잡혀가지 않을지도 모른다. 그런 생각을 하지 않은 것은 아니다. 하지만 그보다는 무슨 일이 일어난 것인지 내가 전혀 알지 못한다는 사실이 무서웠다.

미끌미끌한 피의 감촉과 코를 찌르는 역한 냄새, 식칼을 타고 전해져 오는 살덩어리의 탄력. 칼은 생각보다 훨씬 부드럽게 살을 파고들었지만 때때로 강한 저항이 느껴졌다.

기억 속에 흩어져 있는 이런 자잘한 잔상들마저 믿을 수 없다면 대체 무엇을 믿어야 하는 걸까.

그날 저녁, 나는 고열이 났다.

부모님은 사토코가 체포되었다는 사실에 내가 충격을 받아서 그런 거라고 여기는 듯했다.

그러니 당분간은 내 상태가 평소와 조금 달라도 이상하게 생각하지 않을 것이다. 어젯밤 내 방으로 돌아온 후에도 부모님이 사실을 알게 될까 봐 계속 두려움에 떨었다.

이대로 넘어갈 수 있을까.

그렇게 생각한 순간, '그럴 리가 없다'라는 체념이 한순간의 낙관을 흔적도 없이 날려 버렸다.

애초에 사토코가 체포된 것은 착오였을지도 모른다. 사토코가 나보다 키도 크고 날씬하기는 하지만 동년배 여자아이니까 나와 헷갈렸을 수도 있다.

조만간 경찰이 실수를 깨닫고 나를 찾아올지도 모른다.

발이 깊은 늪으로 빠져 들어간다.

이불 속에서 몇 번이고 창문을 쳐다보았다. 여기서 뛰어내리면 나를 포함한 모든 것이 사라지고 편해질 수 있을까.

열네 살에 나는 사람을 죽였다.

하지만 행복했던 소녀 시절이 그 순간 갑자기 지옥으로 돌변한 것은 아니었다.

나는 그전부터 줄곧 칼날 위를 걷고 있었다. 지금까지 거기서 떨어지지 않을 수 있었던 것은 단순히 운이 좋았을 뿐이고, 발

바닥은 이미 상처투성이였다.

손을 피로 물들이고 잠들지 못하는 밤을 보내게 되었지만 그 것은 결코 예상치 못한 사고는 아니었던 것이다.

스스로에게 행복해질 권리가 있다는 사실을 깨닫게 된 것은 그로부터 20년도 더 지나서였고, 그것은 열네 살의 나에게는 정신이 아득해질 정도로 머나먼 미래의 일이었다.

37.5도 정도의 미열이 나흘 정도 계속되었다.

학교를 쉬는 동안 방에 누워서 창문 너머로 하늘만 올려다보 았다.

아래에서 비스듬히 올려다보는 하늘은 한없이 푸르렀다. 베란 다에 나가서 내려다보면 똑같은 모양을 한 건물밖에 보이지 않 지만, 아래에서 올려다보면 하늘밖에 보이지 않는다. 하늘만 쳐 다보고 있으면 내가 무슨 짓을 했는지 잊을 수 있었다.

나는 내가 다른 사람이 되는 상상을 했다.

용돈을 모아둔 저금통장과 좋아하는 만화책 몇 권과 초콜릿 과 비스킷을 배낭에 넣고 여행을 떠난다. 공원에서 침낭을 깔고 잠을 청한다. 밤하늘에 뜬 달을 보며 잠이 드는 것이다.

거기까지 상상하다가 문득 깨달았다.

공원에서 자는 건 불가능하다. 마호는 평범하게 길을 걷다가 납치당할 뻔했다. 그것도 바로 집 앞에서.

우리는 더 이상 자유롭지 않다. 여름 방학에 자전거를 타고 여행을 떠날 수 있는 건 남자애들뿐이다.

우리가 자유롭게 여행을 떠나고자 한다면 누군가에게 죽임을 당하거나… 그게 아니라면 누군가를 죽이거나. 둘 중 하나다.

부엌에서 물을 마시고, 방에 돌아와 잠을 자고, 그 사이에 상상을 했다.

언제 실수가 바로잡힐지 모른다는 두려움에 떨면서 나는 계속해서 잠을 잤다.

5일째 되던 날, 겨우 열이 내린 나는 침울한 기분으로 등교했다.

마호와 만날 약속도 하지 않고 학교까지 가는 길을 혼자 걸었다. 옆에서 아이들이 밝은 얼굴로 즐겁게 수다를 떨며 지나갔다.

평소와 똑같은 하루였다. 리나코가 죽은 후에도 그랬다. 하루 이틀 정도는 자숙하는 분위기가 이어지지만, 그 후에는 아무렇지도 않게 일상으로 돌아간다.

알고 있다. 그것은 전혀 이상한 일이 아니다.

나 역시 잘 알지도 못하는 동급생이 죽거나 잡혀갔다고 해서 슬픔을 강요당한다면 당혹스러울 것이다. 매일 어딘가에서 누군가가 죽고 충격적인 사건이 발생한다. 같은 학교에 다닌다고는 하지만 대다수에게는 아무 관계도 없는 일이다.

다만 나는 움직일 수 없는데 세상은 움직이고 있다는 사실이 무서웠다.

종이 울리기 직전에 교실에 들어가 자리에 앉았다. 마호가 나를 보고 다가왔다.

"유리, 괜찮아?"

"응, 열은 내렸으니까…."

마호가 그걸 묻는 게 아니라는 건 알았지만 다른 아이들이 있는 곳에서 더 자세한 이야기를 꺼낼 수는 없었다.

얼마 지나지 않아 선생님이 들어오셨다.

자리에 앉아서 생각했다. 우리 반에서는 점점 사람이 줄어간다.

아리사가 학교에 나오지 않게 되고, 호소오가 소년원에 들어가고, 이번에는 사토코가 사라졌다. 주인을 잃은 책상은 어디론가 사라지고 공간은 채워진다. 부재조차 없었던 일이 된다. 콘크리트로 덮어 버리듯.

이번에 없어진 사람은 나였을지도 모른다. 나의 부재 역시 금방 잊힐 것이다.

옆자리에 앉은 여자애들이 말하는 소리가 들렸다.

"뭔가 이제야 좀 평화로워진 것 같네."

"진짜. 이상한 애들이 없어져서 다행이야."

갑자기 주위에서 현실감이 사라지고 교실 전체가 하나의 무대 배경처럼 느껴졌다.

학교가 빠르게 질서를 되찾은 것은 사실이다. 담배를 피우는 학생도, 수업 중에 교실 밖으로 나가 버리는 학생도 없어졌다. 하지만 모두가 그렇게 하지 않는 건 이제는 그런 짓을 하면 죽도로 두드려 맞기 때문이다.

이런 걸 진짜 질서라고 할 수 있을까.

수업이 끝나자 마호가 자연스럽게 내 옆으로 다가왔다.

"집에 갈 거지? 같이 가자."

마호의 눈에는 불안이 담겨 있었다. 나는 고개를 끄덕였다.

마호도 사토코가 체포당한 걸 이상하다고 생각했을 것이다. 그렇다고 해서 다른 사람한테 물어볼 수 있는 일도 아니었다.

집으로 가는 길에 우리는 조금 떨어져서 말없이 걷기만 했다. 마호는 하고 싶은 말이 있는 것 같았지만 내가 마호의 시선을 피하며 대화하기를 거부했다.

마호랑 얘기하기 싫은 건 아니었지만 사람이 있는 데서 그날 밤 이야기를 꺼낼까 봐 겁이 났다. 마호는 단순한 피해자이지만 나는 다르다.

남자의 배를 칼로 찔렀다. 마호가 어른들에게 말하면 나는 눈 깜짝할 사이에 사토코처럼 경찰에 끌려갈 것이다.

그리고 반 친구들은 웃을 것이다. 이상한 애가 없어져서 다행이라고.

단지에 들어서자 마호가 말했다.

"우리 집에 가지 않을래?"

나는 고개를 끄덕였다. 집에 들러서 옷을 갈아입거나 하지도 않고 바로 마호네 집으로 향했다.

마호네 집이 있는 건물 계단을 올라가 마호가 열쇠로 현관문

여는 것을 기다렸다. 집 안으로 들어가 문을 닫았다. 문이 잠기는 소리를 듣고서야 나는 고개를 들어 마호의 얼굴을 똑바로 쳐다보았다.

마호가 다급하게 물었다.

"대체 어떻게 된 거야? 왜 걔가 잡혀간 거야? 왜 우리가 아니라? 걔가 거짓말을 한 거야? 아니면 죽은 건 그 남자가 아니라 다른 사람이고, 그 사람을 죽인 건 걔가 맞고, 우리랑은 아무 상관 없는 일인 거야?"

"나도 몰라…."

오히려 내가 묻고 싶었다.

"그 아이… 히노 사토코랑 유리 너 안 친하잖아. 걔가 우리를 감쌀 이유 같은 거 없지 않아?"

마호의 질문에 나는 바로 대답하지 못하고 머뭇거렸다.

"왜 그래?"

"옛날에는… 친했으니까…."

"옛날이라면 언제?"

"초등학교… 2학년 때쯤까지."

마호가 어이없다는 표정을 지었다.

"그렇게 옛날에? 그 후에 사이가 멀어졌으면 지금은 친구라고 할 수 없지."

어째서인지 그 말을 들으니 조금 기분이 나빠졌다.

"그런 식으로 말하지 마."

마호가 아차 싶었는지 바로 사과했다.

"…미안해. 하지만…."

뒷말은 듣지 않아도 예상이 갔다.

"걔는 호소오 여자친구잖아. 리나코를 죽인."

"응."

리나코는 호소오네 무리한테 맞아 죽었다. 웃으며 그 모습을 쳐다보던 사토코에게 죄가 있다면 학년이 올라가면서 반이 갈렸다고 해서 리나코와 함께 하교하지 않게 된 나도 완전히 무고하다고는 할 수 없지 않을까.

마호는 혼자서 말을 이어갔다.

"그때 유리 네가 찌른 상처가 그렇게까지 깊지는 않았던 게 아닐까? 정신을 차린 남자가 너를 쫓다가 너인 줄 알고 덮친 상대가 히노 사토코였던 거지. 밤이어서 얼굴은 잘 안 보였을 테니까…."

과연 그럴까? 내가 남자를 찌른 건 사실이지만 그건 그 남자가 마호를 덮쳤기 때문이다. 그런 상황에서 남자가 내게 앙심을 품고 쫓아온다는 건 뭔가 좀 이상했다.

내가 의문을 제기하자 마호는 발끈하며 이렇게 말했다.

"원래 그런 거야. 나 초등학교 때 지하철을 타고 통학했는데 언젠가 치한을 만나서 내가 하지 말라고 하니까 그 남자가 지하철에서 내려서까지 나를 쫓아왔다고…. 그때는 편의점 직원한테 도움을 요청해서 무사히 넘어갔지만 그 남자를 또 만날까 봐 무서워서 그 후로는 일부러 멀리 돌아가는 노선을 타고 다녔어."

갑자기 뭔가 참을 수 없이 슬픈 감정이 차올랐다.

버스 안에서 옆자리에 앉은 양복 차림의 남자가 내 허벅지를 만진 적이 있었다. 그때는 무서워서 아무 말도 하지 못했지만 만약 그때 내가 뭔가 항의를 했다면 그 남자도 그런 식으로 나왔을지 모른다.

마호가 단호한 말투로 말했다.

"그런 놈은 죽어 마땅해."

그 말을 들으니 조금이나마 마음이 가벼워졌다.

마호는 그날도 정당방위라고 말했다. 그렇게 생각하고 싶은 건 나도 마찬가지였다.

아무것도 하지 않았다면 마호는 죽었을지도 모른다. 그런데 어째서 우리는 이 이야기를 입 밖에 내지 못하는 걸까.

나는 조심스럽게 마호에게 물었다.

"이 얘기, 다른 사람한테 한 적 있어?"

"할 수 있을 리가 없잖아."

마호의 대답을 듣고 절망했다. 그런 놈은 죽어 마땅하다고 단언하는 마호조차 아무에게도 말하지 못한 것이다.

"역시 사실대로 말하는 게 좋을까?"

"사실대로라니?"

"그 남자를 찌른 게 나라고."

내가 죽인 건지는 알 수 없다. 적어도 내가 찔렀을 때는 아직 살아 있었다.

"하지 마."

깜짝 놀랄 만큼 강한 어조였다.

"왜 그랬냐고 물으면 뭐라고 하게?"

"뭐라고 하긴… 그대로 있다가는 마호가 끌려가 버릴 것 같아서…"

거기까지 말했을 때 문득 마호의 붉어진 눈시울이 눈에 들어왔다.

마호는 울고 있었다.

"싫어. 그런 놈이 나를 만졌다는 사실을 아무한테도 알리고 싶지 않아. 그 자식이 나한테 한 말도 그렇고. 외부에 알려질 바에는 차라리 죽는 게 나아."

"마호…"

지금까지 내 머릿속에는 내가 사람을 찔렀다는 생각뿐이었다. 그 남자한테 습격당한 마호가 얼마나 무섭고 불안했을지는 생각하지 못했다.

"그 남자가 죽었다는 말을 듣고 내가 얼마나 안심했는데. 만약 그놈이 살아서 도망쳤더라면 나는 무서워서 집 밖으로 나가지도 못했을 거야."

적어도 그는 더 이상 이 세상에 존재하지 않는다. 세상에 존재하는 모든 폭력이 사라진 것은 아니지만 마호에게 있어서 그것은 분명 구원이었다.

마호는 내 옆에 와서 앉더니 내 어깨에 고개를 기대었다.

"유리 네가 내 친구여서 정말 다행이야… 그때 네가 날 구해 주지 않았더라면… 난…"

나는 입을 살짝 벌린 채 마호를 쳐다보았다.

어째서인지 마호의 말에 위화감이 들었다. 나는 마호를 구한 걸까. 그때 내가 이대로 있다가는 마호가 죽을지도 모른다고 생각한 것은 사실이다. 그래서 그 남자를 막으려고 한 것이다.

그런데 마호가 내게 고맙다고 하는 건 이상하다는 생각이 들었다.

어쨌거나 마호의 부드러운 머릿결이 내 어깨에 닿아 있는 동안은 소소한 행복감을 느낄 수 있었지만.

우리는 중학교 3학년이 되었다.

2학년에서 3학년으로 올라갈 때는 반이 바뀌지 않는다. 고등학교 입시를 앞에 두고 괜한 스트레스를 받지 않게 하기 위해서라고 하지만 나는 적어도 반이라도 바뀌길 바랐다. 마호와 계속 같은 반인 건 기뻤지만 아무리 애를 써도 아리사와 사토코의 부재가 머리에서 떠나지 않았다.

아리사는 돌아오지 않았다. 전화를 걸어 볼까 했지만 할 말이 떠오르지 않았고, 내가 보낸 연하장에도 답장은 오지 않았다. 원래부터 아리사는 글 쓰는 걸 좋아하지 않아서 학교에서 메모지에 짧은 편지를 써서 건네도 좀처럼 답장을 하는 일이 없었다.

아리사네 집 근처에 사는 아이 말에 따르면 아리사는 새 학교에 다니고 있다고 했다. 건강하게 잘 지내고 있다면 그걸로 충분했다.

한 번 더 만나서 예전과 같은 관계로 돌아가고 싶은 마음은 있었지만 그건 나의 일방적인 욕심일 뿐이었다.

신경 쓰이는 일은 하나 더 있었다. 마호의 말수가 급격히 줄어든 것이다.

학교가 끝나고 우리 집에 놀러 오는 일도 없어졌고, 등하교 때도 거의 말을 하지 않았다. 학교에서는 항상 둘이서 붙어 다녔는데 마호는 언제나 다른 아이들이 하는 말을 듣고 있을 뿐 자기가 입을 여는 일은 거의 없었다.

그런 일을 겪었으니 어쩔 수 없다. 나는 계속 그렇게 생각했다. 억지로 말을 하게 할 생각은 없었다.

새 학기가 시작되고 2~3일쯤 지났을 때였다. 이 시기에는 오전 수업밖에 하지 않는다. 한낮의 밝은 햇살을 받으며 집으로 돌아가는데 문득 마호가 말했다.

"오늘 우리 집에서 같이 숙제하지 않을래? 할머니 통원 치료 때문에 오늘은 집에 아무도 없거든."

"그래. 점심 먹고 갈게."

"응, 빨리 와."

오랜만에 단둘이서 놀 수 있다고 생각하니 기뻤다. 봄 방학 기간 동안 마호는 학원에 다니느라 바빠서 거의 만나지 못했기 때문이다.

집에 돌아와 교복을 벗고 혼자서 라면을 끓여 먹었다.

엄마는 반년 전부터 파트 타임으로 일하기 시작해서 낮에는 집에 잘 없었다. 나는 외로움을 많이 타는 성격이 아니기 때문에 오히려 편해서 좋았다.

마호는 왜 내게 빨리 오라고 했을까. 그런 생각을 하며 다 먹은 그릇을 치우고 교복 블라우스를 세탁물 바구니에 넣었다. 엄마가 먼저 돌아올 경우에 대비해 마호네 집에 간다는 메모를 남겼다.

제일 좋아하는 흰색 레이스가 달린 블라우스와 치마를 입었다. 숙제와 필통을 가방에 넣고 집을 나선 시각은 1시 반이었다.

마호네 집에 도착했을 때, 어째서인지 마호는 기분이 안 좋아 보였다.

"늦었잖아."

"내 딴에는 서두른 건데…."

저녁 때까지 숙제할 시간은 충분했다. 우리는 마호의 방에서 접이식 탁자를 꺼내 숙제를 펼쳐 놓았다.

마호와 함께 영어 독해 문제를 풀기 시작했다. 마호는 가느다란 2H 샤프심으로 사각사각 답을 적었다. 뭔가 이상하다고 느낀 것은 나도 아는 문제를 마호가 틀렸을 때였다.

영어는 나보다 마호가 훨씬 더 성적이 좋았고, 그래서 항상 마호가 나를 가르쳐 주는 입장이었다.

내가 틀렸을 수도 있으니 마호에게는 말하지 않고 그냥 넘어갔다.

마호가 갑자기 샤프를 집어 던졌다.

"있잖아, 내가 생각해 봤는데…."

"뭘?"

"사토코는 호소오를 보고 싶었던 게 아닐까?"

마호가 무슨 얘기를 하는 건지 이해하기까지 조금 시간이 걸렸다.

"호소오를 만나고 싶어서 사토코가 자기가 한 짓이라고 말했다는 거야?"

구체적인 단어는 일부러 입에 담지 않았다.

"걔 학교에서도 따돌림 당하고 있었잖아. 자업자득이긴 하지만. 그래서 도망치고 싶었던 거야, 분명해."

그렇게 말하지 마. 마호가 사토코에 대해 말할 때마다 나는 마호가 아주 조금 싫어졌다. 그것은 좋아함의 바다에 떨어진 단 한 방울의 싫어함이었지만, 계속해서 떨어지다 보면 바다 전체의 색을 변하게 만들 수도 있었다.

나는 화제를 바꾸고 싶어서 살짝 강한 어조로 말했다.

"여자랑 남자는 가는 곳이 다르잖아."

"그걸 몰랐을 수도 있지."

과연 그랬을까. 사토코가 그렇게까지 어리석었던가. 사토코는 학교에서 자기 자리를 확보하기 위해 언제나 반에서 가장 인기 있는 아이들과 어울렸다. 자연스럽게 호소오의 여자친구 자리를 차지했다.

"그 말은 곧 사토코가 나를 감싸 줬다는 거잖아."

내 말을 듣고 마호가 뭔가 묘한 표정을 지었다.

"결과적으로는 그렇지."

"사토코가 그런 일을 했을 리가 없어. 걔는 날 싫어하니까."

마호의 눈이 동그래졌다. 마호에게 이 얘기를 하는 건 처음이었다.

"왜? 옛날에는 친했다며."

"초등학교 2학년 때까지는 친했지. 하지만 지금은 아니야. 나는 사토코한테 미움받고 있어. 내가 걔를 버렸거든."

사토코의 목소리가 내 귓가에 맴돌았다.

— 만약 다른 사람한테 말하면 죽여 버릴 거야.

지금 목소리는 아니었다. 초등학교 4학년 때의 목소리였다.

"그러니까 사토코가 나를 감쌀 리가 없어."

마호가 테이블에 팔꿈치를 괴고 내 얼굴을 쳐다보았다.

"그게 무슨 소리야? 자세히 좀 말해 봐."

"나는 사토코를 구할 수 있었을지도 모르는데 구하지 않았어. 대충 그런 거야. 이보다 더 자세히는 말 못 해."

내가 단호하게 말하자 마호는 놀란 표정을 지었다. 그대로 입을 다물고 무언가 생각하는 듯했다.

나는 마호의 얼굴을 보고 싶지 않아서 사전을 펴고 단어를 찾는 척했다.

그때 현관문 열리는 소리가 났다. 마호가 고개를 들었다.

"엄마가 돌아왔나 봐…."

"뭐?"

마호네 엄마는 회사에 다니기 때문에 원래 평일에는 집에 없었다. 당황한 내게 마호가 작은 목소리로 말했다.

"오늘은 할머니 재활 훈련 때문에 엄마가 회사에 휴가를 냈 거든. 평소에는 4시는 넘어야 오는데…."

"마호, 방에 있니?"

마호네 엄마 목소리였다.

"응, 지금 나가."

마호는 바로 자리에서 일어났다가 갑자기 상체를 굽혀 내 귓 가에 속삭였다.

"우리 엄마가 뭐라고 해도 신경 쓰지 마."

그렇게 말하고는 방에서 나갔다. 나는 멍하니 마호의 뒷모습 을 바라보았다.

마호네 엄마가 내게 무슨 말을 한다는 걸까.

마호네 엄마는 마호처럼 키가 크고 날씬한 미인이었다. 항상 짧게 자른 헤어스타일에 정장을 입고 구두를 신고 있었다. 학 부모 수업 참관일에 온 엄마들 중 마호네 엄마만 화려하고 세 련된 느낌이었다.

나도 함께 나가서 인사를 하려고 했는데 마호는 문을 닫고 나가 버렸다. 마치 나를 자기네 엄마와 만나게 하고 싶지 않은 것 같았다.

뭔가 이상한 느낌이 들었다. 문밖에서 마호가 엄마와 얘기하 는 소리는 들리는데 무슨 이야기를 하는지까지는 들리지 않았 다.

잠시 후 마호가 돌아왔다.

"미안. 오늘은 여기까지 하자. 사실은 말하고 싶은 게 있었는데…."

"응, 알았어. 다음에는 우리 집에서 볼래?"

"그러자."

마호가 쓸쓸한 미소를 지었다. 노트와 필통을 챙기는데 방문이 열렸다.

마호네 엄마가 오렌지주스가 든 컵 두 개를 들고 들어왔다.

마호가 굳은 표정으로 말했다.

"엄마, 유리는 이제 갈 거야."

"어머, 왜? 엄마는 유리랑 얘기하고 싶은데."

공기 중에 팽팽한 긴장감이 감돌았다. 나는 어쩔 줄 몰라 하며 그 자리에 가만히 앉아 있었다.

"유리는 어느 고등학교 갈 거니?"

마호네 엄마가 갑자기 내게 물었다. 중3이라면 누구나 자주 받는 질문이다. 단지 아이들은 대부분 공립 고등학교를 지망하기 때문에 학교 이름을 대면 자연스럽게 성적이 어느 정도인지가 드러났다.

"저는 사쿠라가오카 고등학교를 생각하고 있어요."

자랑할 정도는 아니지만 그리 나쁘지도 않은 수준이었다. 조금 모험을 하면 하나 더 위 등급인 학교를 노려 볼 수도 있었지만 떨어지는 게 무서웠다. 사립에 다닐 만큼 집에 돈이 많은 것도 아니었다.

마호네 엄마의 눈빛이 날카로워진 듯한 느낌이 들었다.

"마호는 고베에 있는 여고에 보낼까 한단다."

"엄마! 난 지하철 타고 통학하기 싫다고!"

여기서 고베까지는 지하철로 1시간 정도 걸린다. 물론 그 정도 시간을 들여서 통학하는 사람도 있겠지만 쉬운 일은 아니다.

내가 지망하는 학교는 집에서 자전거로 통학이 가능했다. 내심 마호도 같은 학교에 가면 좋겠다고 생각했었다. 마호와 나는 성적도 비슷하니 결코 불가능한 꿈은 아니었다. 마호도 사쿠라가오카 고등학교에 가고 싶다고 말한 적이 있었다.

하지만 최종적으로 마호와 내가 각자 다른 고등학교로 진학하는 것은 충분히 있을 수 있는 일이었다. 마호가 고베에 있는 사립 고등학교에 갈 계획이라는 말을 들어도 딱히 그 말 자체에 충격을 받지는 않았다.

학교에서도 다들 마찬가지다. 같은 학교에 가고 싶다고는 하지만 그것은 어디까지나 희망 사항에 지나지 않는다. 그렇게 되면 좋겠다, 그렇게 되면 좋을 텐데, 하는 바람을 입 밖으로 소리 내어 말하고 있을 뿐이다.

어쨌거나 우리의 길은 갈릴 수밖에 없다. 학년이 올라가면서 반이 바뀌기도 하고, 전학을 가기도 하고, 서로 다른 학교에 진학하기도 하면서. 마주 잡은 손을 놓지 않을 수 있을지는 알 수 없다. 중학교 3학년은 그런 시기다.

하지만 같은 단지에 살고 있으니 다른 학교에 가더라도 언제든지 만나는 건 가능하다.

마호네 엄마는 마호의 얼굴을 보지 않고 내 쪽만 쳐다보며 말했다.

"어차피 내년이 되면 학교가 다르니 더 이상 함께 놀 일도 없을 테고 중3은 다들 공부하느라 바쁜 시기잖니. 유리 너도 놀지 말고 공부에 힘을 쏟는 게 어떻겠니?"

"엄마, 그만해!"

마호가 소리를 질렀다.

심술궂고 무례한 말을 들었다는 사실은 어렴풋하게나마 이해했다.

의미를 정확히 모르더라도 악의가 있다는 건 느낄 수 있고 그로 인해 상처도 받는다. 사쿠라가오카 고등학교에 가겠다는 내가 수준이 낮아 보인 걸까.

"유리, 가자."

마호가 내 손을 잡아 일으켜 세웠다.

"안녕히 계세요…."

어색하게 인사하며 일어섰다. 현관에서 신발을 신는데 뒤에서 마호네 엄마가 말했다.

"너도 마호도 서로 수준에 맞는 친구를 사귀는 게 좋을 것 같구나."

"엄마, 그만해!"

그제야 알 것 같았다. 마호네 엄마는 내가 마호 친구인 게 마음에 안 드는 거다.

마호는 나와 함께 밖으로 나와 문을 닫았다.

"그럼 나 갈게."

억지로 미소를 지으며 말하자 마호가 내 팔을 꽉 잡았다.

"공원 가서 얘기하자."

그 일이 있은 후로 둘이서 공원에 간 적은 한 번도 없었다. 그날 밤 일을 떠올리고 싶지 않았기 때문이다.

공원에는 우리와 마찬가지로 오전 중에 수업이 끝난 초등학생들이 웃으며 뛰어놀고 있었다.

울타리에 기대어 그 모습을 바라보며 마호가 입을 열었다.

"미안해. 우리 엄마가 이상한 말 해서."

"괜찮아, 신경 안 써도 돼."

"나 이번 학기에 성적이 많이 떨어졌거든."

"그랬구나."

작년부터 우리 주변에서는 많은 일이 일어났다. 도저히 공부에 집중할 수 있는 환경이 아니었다.

"하지만 고등학교 입시는 내년이니까 지금부터 열심히 하면…"

나는 애써 희망적인 말을 꺼냈다.

하지만 나 스스로도 내가 한 말을 전혀 믿지 않았다. 열심히 공부해서 입시에 성공하면 밝은 미래가 기다리고 있을 거라고, 도저히 그렇게 믿을 수가 없었다.

— 살인자 주제에.

누군가가 내 귓가에 속삭였다.

끝까지 숨길 수 있을 리가 없다. 마호도 알고 있고 사토코도 알고 있을지 모른다.

지금은 그저 언젠가 일어날 일을 미루고 있을 뿐이다. 치과에서 마취를 하는 것처럼 일시적인 마취 상태에 빠져 있을 뿐.

저 멀리서 내가 웃고 있다.

만약 사람을 죽이지 않고 좋은 고등학교에 가서 좋은 대학에 갔다면, 그 앞에는 뭐가 기다리고 있는데?

마호네 엄마처럼 딸의 친구에게 심술궂은 말을 하고, 우리 부모님이 사토코가 겪은 일을 그냥 넘어간 것처럼 나와 관계없는 일은 못 본 척하고, 우리 학교 선생님들처럼 학교가 아무리 난장판이어도 사망자가 나올 때까지 방치하는 어른이 되는 것.

그런 미래밖에 상상이 되지 않았다.

"엄마가 보기에는 환경이 안 좋아서 그런 것 같다고…. 학교에서는 리나코가 죽었고, 우리 단지에서도… 사토코가…."

나는 입술을 꽉 깨물었다.

"우리 엄마는 날 공립에 보낸 게 잘못이었다고 생각하나 봐. 그래서 고등학교는 고베에 있는 명문 사립으로 보내려는 거야. 하지만 난 아는 사람 하나 없는 곳에 가고 싶지 않아. 만원 지하철을 타고 통학하는 것도 무섭고."

마호가 1학년 때 반에서 고립되었던 게 생각났다.

부모가 강한 의지를 가지고 밀어붙이면 우리는 저항할 방법이 없다. 말귀 못 알아듣는 아이처럼 바닥에 드러누워 울부짖으면 우리가 하는 말을 들어줄까.

"다른 고등학교에 가더라도 우리가 친구라는 사실은 변하지 않을 거야."

내가 말했지만 마호는 고개를 저었다.

"엄마가 유리 너랑 놀지 말래… 내 성적이 떨어진 건 나쁜 친구랑 어울려서 그런 거라고…"

나는 헉하고 숨을 들이마셨다.

1학년 때부터 마호와 난 친구였다. 그런데 2학년 마지막 학기에 성적이 떨어진 것이 내 탓이라고 하는 건 이상하지 않은가. 게다가 나와 마호는 원래 성적도 비슷했다.

"미안해, 이런 말 해서."

마호가 울먹이며 말했다.

"아니야… 괜찮아."

"엄마가 단지 사람들이랑 얘기하다가 너랑 사토코가 친했다는 말을 들었나 봐. 그래서 유리 널 별로…"

그 말을 들으니 납득이 갔다. 그렇다면 어쩔 수 없지.

사람들이 사토코를 싫어하는 건 사람을 죽였기 때문이고, 그건 사실 내가 한 일이다.

사토코는 나이고, 내가 사토코인 거다.

나는 입을 다물었다. 무슨 말을 해야 할지 알 수가 없었다.

마호가 혼잣말처럼 중얼거렸다.

"나랑 넌 달라?"

"응?"

"엄마가 나랑 넌 다르니까 지금은 친하게 지내도 언젠가 자연스럽게 멀어질 거래."

난데없이 찬물을 뒤집어쓴 기분이었다. 그건 마치 저주와도 같았다.

무엇이 다르다는 걸까. 마호는 나보다 예쁘고, 영어를 잘하고, 도쿄에서 태어나 사립 초등학교를 나왔고, 그리고 사립 고등학교에 갈지도 모른다.

우리 둘의 차이라면 그 정도뿐이다. 우리 엄마는 마호 얘기를 할 때마다 '아빠가 없어서 불쌍하다'라고 했다. 나는 그 말을 듣는 게 참 싫었는데 마호네 엄마한테는 반대로 내가 불쌍해 보였던 걸까.

함께 있으면 즐겁고, 서로를 좋아하는 것만으로는 부족한 걸까.

가슴이 아프게 죄어들었다. 사토코와도 이런 식으로 멀어졌다. 마호의 손은 놓고 싶지 않았다.

어른들은 우리가 모르는 것도 다 알고 있는 척한다.

그렇게 다 알고 있으면서 왜 리나코가 살해당하는 건 막지 못한 걸까. 어째서 어린 사토코가 할아버지에게 이상한 짓을 당하고 있을 가능성을 무시한 걸까. 마호를 차에 태우려고 한 남자가 단지 안에 있다는 사실을 왜 아무도 눈치채지 못한 걸까. '치한 주의'라는 간판 하나만 달랑 걸어 놓으면 그걸로 막을 수 있다고 생각한 걸까.

울고 싶었다. 가장 두려운 것은 마호와 나 사이에 균열이 가기 시작했다는 사실이었다.

마호는 나랑 자기가 다르다는 말을 듣고 혼란스러워하고 있었다. 그 말을 부정하고자 하는 강한 의지 따위는 찾아볼 수 없었다.

그리고 나는 그 사실에 상처받았다.

— 다르지 않다고 말해 줘. 그런 저주 따위 믿지 마.

나는 울고 싶은 심정으로 마호의 손을 꼭 움켜쥐었다.

마호의 손은 부드럽고 따뜻했지만, 내가 손을 놓으면 이 부드러운 감촉과 온기도 순식간에 사라져 버릴 터였다.

그렇다고 해서 마호와 내가 바로 멀어진 것은 아니다.

마호는 엄마 말에 따라 고베의 명문 사립 고등학교를 목표로 입시 준비를 시작했고 더 이상 우리가 서로의 집을 오가는 일도 없어졌지만, 그래도 학교에서는 단짝이었고 집에 올 때도 늘 함께였다. 둘이 같이 있으면 즐거웠다.

결정적인 사건이 일어난 것은 겨울 방학이 끝나고 봄 학기가 시작된 바로 그날이었다.

개학식을 마치고 체육관에서 교실로 돌아왔더니 뭔가 분위기가 이상했다.

평소에는 선생님이 올 때까지 모두 잡담을 하면서 시끄럽게 떠드는데 오늘은 아무 소리도 들리지 않았다.

교실 문을 열고 이유를 깨달았다.

창가 쪽 자리에 사토코가 앉아 있었다.

못 본 사이에 부쩍 키가 큰 것 같았다. 블라우스 소매가 짧아지고 풍만한 가슴 때문에 단추가 튕겨 나갈 것 같았다.

한 명이 사토코에게 다가갔다.

"여기 내 자리인데…."

"아, 미안."

사토코는 아무렇지도 않게 자리에서 일어났다. 실제로 그 자리는 작년까지 사토코의 자리였다. 지금 우리 교실에 사토코의 자리는 없었다.

뒤를 돌아본 사토코와 눈이 마주쳤다. 지금까지 한 번도 교실에서 내게 말을 건 적이 없었으면서 오늘은 웬일인지 그대로 내쪽으로 걸어왔다. 그리고 내게 팔짱을 꼈다.

"유리, 오랜만이야. 보고 싶었어."

응석 부리는 듯한 목소리였다. 사토코의 그런 목소리를 들은 건 처음이었다.

수업이 끝나자 사토코는 곧장 내 자리로 왔다.

"유리, 집에 같이 가자."

"아… 응."

나는 마호를 쳐다보았다. 마호는 내 눈을 피하며 가방을 들고 벌떡 일어나더니 교실 밖으로 나가 버렸다.

조금 당황했지만 나는 사토코와 함께 돌아가기로 했다. 사토코에게 물어볼 것도 있었다.

교문을 나서자 사토코가 후 하고 한숨을 내쉬었다.

"피곤하다…."

반 아이들은 사토코 근처에도 가려 하지 않았다. 멀리 떨어져서 차가운 시선을 보낼 뿐이었다. 하루 종일 그런 상태로 있었으니 피곤할 만도 했다.

"생각보다 빨랐지?"

사토코가 내 앞을 걸어가며 말했다. 나는 무슨 말인가 싶어 고개를 갸웃거렸다.

"소년원에서 나오는 게 말이야. 딱 1년 있었어."

"아…."

"그 남자 차에서 수갑이랑 박스 테이프 같은 게 잔뜩 나왔거든. 무슨 짓을 하려고 했는지 딱 보면 알 수 있는 상황이었고 칼도 그 남자 거였고 하니 어느 정도 정상참작이라는 게 된 거지."

정상참작이라는 단어를 발음할 때는 마치 국어책을 그대로 읽는 듯한 느낌이었다.

"그럼 정당방위는…."

"반복해서 찔렀기 때문에 과잉방위래. 어쩔 수 없지. 내가 쓰러져 있는 그놈 배에서 칼을 뽑아 몇 번이나 다시 찔렀거든."

숨이 멎는 줄 알았다. 처음에 그 칼을 쥐고 남자의 배에 찔러 넣은 사람은 나다.

"왜…?"

사토코가 나를 돌아보며 웃었다.

"왜인 것 같아?"

모른다. 1년 동안 계속 고민해 봤지만 알 수 없었다. 사토코는 웃었다.

"유리 널 지키기 위해서… 였을까?"

"농담하지 말고."

"아하하, 역시 안 믿네. 사실은 집도 학교도 다 싫었으니까. 유리 너랑 그 아이, 이름이 마호라고 했던가? 둘이 도망치는 걸 보고 만약 저 남자를 찌른 게 나였다면 다만 얼마 동안이라도 이런 나날에서 벗어날 수 있지 않을까 싶었거든."

지금까지 내가 생각했던 그 어떤 이유보다 납득이 가는 이유였다.

어떻게 된 일인지는 알았다. 하지만 그렇다고 해서 내 죄가 가벼워졌다고는 생각되지 않았다. 만약 사토코가 찌르지 않았더라도 그 남자는 죽었을지 모른다.

신기한 것은 사토코와 말을 하지 않게 된 지 벌써 몇 년이나 지났는데 지금 이렇게 함께 있는 것이 전혀 어색하지 않다는 사실이었다. 즐거운 대화는 아니었지만 마치 초등학교 2학년 때로 돌아간 것 같았다.

"그래도 좀 쓸쓸하긴 하더라."

사토코는 이상할 정도로 밝은 목소리로 말했다.

"나는 아무도 구해 주지 않았는데 유리는 저 아이를 구해 주는구나, 싶어서."

가슴이 뜨끔했다.

그렇다. 나는 사토코에게 손을 내밀지 못했다. 마호에게 한 것처럼 전력을 다해서 사토코를 덮친 운명에 저항하지 못했다.

"미안…."

이제 와서 사과한다고 해결될 문제는 아니었다. 하지만 나도 모르게 말이 입 밖으로 흘러나왔다.

사토코가 나를 돌아보았다. 내 팔을 붙잡더니 자기 쪽으로 팍 끌어당겼다. 코 끝이 닿을 만큼 얼굴이 가까워졌다.

"그럼 나도 좀 도와줘."

"어…?"

"나는 너 대신 소년원에 갔잖아. 전과가 남지는 않지만 너도 소년원에 간다는 게 어떤 의미인지는 알지? 앞으로 사람들이 나를 어떻게 볼지, 내가 어떤 시선 속에서 살아가게 될지 말이야."

나는 사토코에게 대신 가 달라고 부탁하지 않았다. 하지만 최면에 걸리기라도 한 것처럼 꼼짝할 수 없었다.

"어떻게… 하면 되는데?"

"우리 할아버지 좀 죽여 줘."

지금 당장이 아니어도 괜찮아. 사토코는 이렇게 말했다.

"지금 할아버지가 살해당하면 가장 먼저 내가 의심받을 거야. 그건 곤란하니까 반년 정도는 기다려 보려고. 어떻게 죽일지는 그때 가서 다시 생각해 보자."

나는 미친 듯이 뛰는 심장을 부여잡고 말없이 고개를 끄덕였다.

반년 사이에 사토코의 생각이 바뀔지도 모른다. 아니면 사토코네 할아버지는 이미 일흔이 넘었으니 조만간 병이나 사고로 죽을지도 모른다.

어쨌든 내게는 반년이라는 유예 기간이 생긴 셈이니 그사이에 도망칠 방법을 찾게 될 수도 있다.

사토코가 내 귓가에 속삭였다.

"알지? 유리 넌 나를 버리고 도망쳤어. 네가 사실대로 말했으면 내 죄는 더 가벼워졌을지도 몰라. 하지만 넌 말하지 않았어."

나는 크게 숨을 들이마셨다.

그것은 분명 나의 죄였다.

그뿐만이 아니다. 나는 사토코가 왜 자기 할아버지를 죽이고 싶어 하는지 알고 있다. 몇 년도 더 전부터 무슨 일이 있었는지 이해하고 있다. 어려서 아무것도 몰랐다는 변명은 통하지 않는다.

사토코는 집에서도 학교에서도 도망치고 싶었다고 했다. 학대는 지금도 이어지고 있는 것인지도 모른다.

늦었지만 지금이라도 사토코를 구할 수 있는 걸까.

4

나의 고등학교 생활은 허공에 붕 뜬 상태로 시작되었다.

내 목에는 밧줄이 칭칭 감겨 있었고, 끝에서 줄을 잡아당기면 나는 눈 깜짝할 사이에 목 매달린 시체가 될 터였다. 밧줄을 잡고 있는 사람은 사토코인 것 같기도 했고 다른 무언가인 것 같기도 했다.

그런 상태에서 새 친구를 만들고 싶지도 않았고 고등학교 생활을 즐기고 싶다는 생각도 들지 않았다.

지망했던 학교에는 무사히 합격했지만 아무런 감흥도 느껴지지 않았다.

마호도 그때 말했던 고베에 있는 사립 고등학교에 합격했다. 마호는 그곳에서 자기한테 어울리는 사람들을 만나 새 친구를 사귀고 나는 까맣게 잊어버릴 것이다.

그렇게 생각하면 가슴이 아프게 조여들었지만 한편으로는 홀가분한 기분이 들기도 했다.

사토코가 들어간 고등학교는 이 주변에서 가장 수준이 낮은 학교였다.

중학교 2학년 때까지 사토코는 결코 성적이 나쁜 편이 아니었다. 하지만 담임이 다른 곳에는 원서를 넣지 못하게 한 모양이었다.

1년의 공백은 크다. 게다가 소년원에 갔었으니 내신도 기대할 수 없었다.

나는 사토코의 인생을 바꿔 놓았다.

사토코에게 나 대신 죄를 뒤집어써 달라고 부탁한 적은 없다. 그렇게 변명하고 싶은 마음은 존재했다. 하지만 사토코가 말한 것처럼 나는 경찰에 자수하지 않았다. 자신의 죄를 스스로 짊어지지 않고 사토코에게 대신 짊어지게 한 채 모른 척했다.

그 죄는 무엇으로도 씻을 수 없다.

나는 내 방 책상에 앉아서 사토코와 나의 미래에 대해 생각해 보았다.

만약 사토코네 할아버지를 죽이는 데 성공한다 하더라도 그 사실을 끝까지 숨길 수 있을까? 숨길 수 없다면 나는 살인자가 된다.

이미 살인자이기는 하지만 세간으로부터도 살인자라고 손가락질당하는 사람이 되는 것이다.

엄마 아빠는 울겠지. 대학에는 갈 수 있을까. 취직은 할 수 있을까. 결혼하고 아이를 낳는 건 가능할까.

이상하게도 '어쩌면 가능할지도 모른다'라고 생각해도 조금도 기쁘지 않았다. 내가 그리는 미래는, 그것이 아무리 밝고 희망찬 것이라 하더라도, 전혀 현실감이 없었다.

중학교 때도 인기는 없었지만 그래도 친구는 있었다. 하지만 고등학교에서는 혼자서 등하교를 하고 점심 도시락도 혼자 먹었다. 전교생이 반드시 동아리 활동을 해야 한다고 교칙에 정해져 있었지만 다도부에 이름만 등록해 놓고 동아리실에는 한 번도 가지 않았다.

집에서 가까운 곳에 있는 학교였기 때문에 같은 중학교에서 올라온 아이들이 많았다.

하지만 아무도 나에게 말을 걸지 않았고, 그 모습을 본 다른 아이들도 나를 무시했다.

같은 중학교였던 아이들이 싫어하는 걸 보니 친구가 될 가치도 없는 인간이라고 판단한 것이리라.

내 쪽에서도 딱히 누군가에게 말을 걸거나 친구를 만들려는 노력은 하지 않았다. 손을 뻗어서 무언가를 갖게 된다 한들 어차피 모두 손가락 사이로 빠져나갈 것이다. 그렇다면 애써 손에 넣을 필요 따위 없지 않은가.

내 손은 더럽혀졌고, 앞으로도 계속해서 더러워질 것이다.

이 시기에 내가 유일하게 대화한 상대는 사토코였다.

그렇다고 해서 친하게 지냈다고 말하기는 어렵다. 우리가 대화를 나누는 것은 아무도 우리를 보고 있지 않을 때뿐이었고, 다른 사람이 있는 곳에서는 눈도 마주치지 않았다.

"우리가 한패라는 걸 사람들이 알아차리지 못하게 해야 해. 그러면 할아버지가 죽어도 아무도 널 의심하지 않을 거야. 유리 너한테는 우리 할아버지를 죽일 동기가 없으니까."

사토코는 이렇게 말했다.

그렇다면 중학교 때 소년원에서 나왔을 때도 나한테 말을 걸지 않았다면 좋았을 텐데. 그런 생각을 하다가 퍼뜩 깨달았다. 그때 사토코는 나를 자기가 있는 곳까지 끌어내린 것이다.

마호를 비롯한 다른 아이들과 나와의 관계도 손쉽게 끊어 버렸다. 밝은 미소와 친근한 태도만으로.

친근함이 저주가 될 수도 있다는 것을 나는 그때 알았다.

우리는 가끔 둘이서 만났다.

사토코네 집이 비는 날이 생기면 사토코는 우리 집 우편함에 노트를 넣어 두었다.

그것은 수학 노트일 때도 있었고 영어 노트일 때도 있었는데 항상 맨 마지막 페이지에 집이 비는 날짜와 시간이 숫자로 적혀 있었다. 내가 그날 갈 수 있으면 그 옆에 동그라미를 쳐서 돌려주었다. 가지 못한다면 가위표를 쳤다.

부모님은 내가 학교에서 고립된 상태라는 사실을 알지 못했다. 어쩌면 알고 있었을지도 모르지만 그와 관련해서 뭔가 말을 한 적은 없었다.

늘 붙어 다니던 마호와 거리가 멀어진 것에 대해서도 별로 걱정하는 눈치는 아니었다.

"요즘은 마호랑 같이 안 노니?"

엄마가 이렇게 물었을 때 나는 아무렇지 않은 척 대답했다.

"학교가 다르니까 할 얘기가 없더라고."

"그래? 엄마는 역시 그런 애는 좀 별로더라. 도쿄에서 와서 그런가 뭔가 잘난 척하는 것 같아서."

엄마가 그렇게 말했을 때, 나는 울 것 같은 기분으로 미소를 지었다.

나는 엄마가 그런 식으로 남을 흉보는 게 싫었지만 무언가를 잃었을 때는 그런 말조차 위안이 된다는 걸 알았다.

사토코가 우리 집 우편함에 넣어 두는 노트에 대해서도 엄마는 신경 쓰지 않았다. 가끔은 엄마가 우편함을 열어서 노트를 발견할 때도 있었지만 '수업 내용 중에 모르는 게 있어서 노트를 빌렸다'라고 하면 더 이상은 묻지 않았다.

설령 엄마가 페이지를 넘겨 보더라도 노트에는 영어 단어나 수학 공식이 적혀 있을 뿐이니 딱히 의심을 살 일은 없었다. 마지막 페이지 한 귀퉁이에 낙서처럼 적혀 있는 숫자의 의미를 엄마가 알아차릴 리는 없었다.

노트를 받으면 나는 거기 적힌 날짜와 시간에 맞춰 아무에게도 들키지 않도록 조심하며 사토코네 집을 방문했다.

부모님은 두 분 다 일하시고 남동생은 동아리 활동 때문에 매일 늦는다고 했으니 할아버지가 집에 없는 시간을 골라 나를 부르는 듯했다.

사토코네 집에 가는 것은 오랜만이었다. 사이가 멀어지기 시작한 것이 초등학교 2학년 때였으니 거의 10년 가까이 오지 않았다는 말이었다.

사토코의 방에는 과거에는 없었던 2층 침대가 있었다. 아래쪽 침대에 만화 잡지가 널브러져 있었다. 남동생인 유스케가 아래쪽을 쓰는 모양이었다.

하나뿐인 책상에는 수영복을 입은 여자 사진이 붙어 있었다.

사토코는 익숙한 손놀림으로 접이식 탁자를 꺼내 그 앞에 앉았다.

"최악이야. 중학생 남동생과 한방을 쓰다니."

유스케는 단지에서 오며 가며 자주 봤다. 얼굴만 보면 아직 초등학생 같은데 최근 1년 사이에 키가 엄청나게 컸다. 아마 170센티미터 정도 될 것이다.

사토코가 후훗 하고 웃었다.

"뭐 할아버지랑 둘이 자던 때에 비하면 훨씬 낫지만. 할아버지는 지금도 이 방에서 바닥에 요 깔고 우리랑 같이 자. 매일 밤 잠결에 침대에서 굴러떨어지는 척하면서 깔아뭉개 버릴까 싶다니까."

사토코가 내뱉은 독기에 찬 말에 등줄기가 오싹했다.

"처음에는 내가 아래쪽에서 잤거든. 그러니까 밤중에 잠이 덜 깬 척하면서 내 침대로 기어들어 오는 거야… 발로 걷어차도 계속 그러니까 유스케한테 바꿔 달라고 했지. 바꾸고 나니까 딱 멈추더라고. 진짜 뭐 하자는 건지."

아무것도 모르는 나이였을 때부터 반복되어 온 행위. 그것이 구체적으로 어떤 것이었는지는 알고 싶지도 않고 생각하고 싶지도 않다. 사토코는 아무것도 모르는 나이였을 때부터 계속 그런 식의 폭력에 노출되어 온 것이다.

"그래서… 어떻게 죽일 거야?"

나는 바로 본론으로 들어갔다. 한가롭게 잡담이나 하고 있을 시간은 없었다.

사토코는 손으로 턱을 고인 채 나를 쳐다보았다.

"사고로 위장할 수 있다면 가장 좋겠지. 계단에서 굴러떨어진 다든지 차에 치인다든지. 그러면 유리 네가 의심받을 가능성도 줄어들 테고."

사토코네 집은 4층이지만 계단에는 층계참이 있다. 계단 위에서 밀치더라도 죽을 확률은 낮아 보였다. 사토코는 말을 이었다.

"창문에서 몸을 내밀고 밖을 내다보다가 그만 떨어져 버렸다… 라는 건 어때? 집에 아무도 없을 때 그런 일이 생기고 나한테 알리바이가 있으면 모두 사고라고 생각할 거야."

"내가 너희 집에 들어와서 할아버지를 밀어 떨어뜨리라고?"

"그런 놈은 할아버지가 아니라 영감탱이면 충분해."

"영감탱이."

그렇게 말하니까 죄책감이 조금 줄어드는 것 같았다.

"우리 집 열쇠를 하나 복사해서 줄게. 유리 네가 우리 집에 와서 영감탱이를 잘 유인해서 창밖을 내다보게 하는 거야. 그리고 확 밀어 버리는 거지."

"난 못 해, 그런 거…."

"복사한 열쇠로 문만 잘 잠그고 가면 아무도 널 의심하지 않을 거야."

"하지만 너도 없는데 내가 너희 집에 오면 이상하잖아."

"안 이상해. 내가 미리 영감탱이한테 '오늘 유리가 오기로 했는데 나는 조금 늦을지도 모른다'라고 말해둘 테니까. 넌 그냥 영감탱이를 창가로 잘 유인해서 밀어 버리기만 하면 돼."

상상만 해도 손이 떨렸다. 사토코가 나를 가만히 응시했다.

"유리 너라면 할 수 있어. 하라다도 찔렀잖아."

하라다라는 이름은 처음 들었다. 하지만 내가 찌른 사람은 한 명밖에 없었다.

"창문 너머로 보고 깜짝 놀랐어. 내가 못 하는 걸 너는 해내는 걸 보고 말이야. 나도 머릿속으로는 벌써 몇 번이나 영감탱이를 찔러 죽였지만 실제 행동으로는 옮기지 못했으니까. 너라면 할 수 있을 거야."

나는 멍한 표정으로 사토코를 쳐다보았다.

전에도 이런 대화를 나눈 적이 있었다. 철봉 오르기라든지 구름사다리 건너기 같은 걸 할 때 운동 신경이 둔한 내가 주저하거나 울먹이면 사토코는 늘 이렇게 말했다.

"유리 너라면 할 수 있어"라고.

그 시절 나는 사토코와 함께라면 조금은 강해지는 듯한 기분이 들었다.

고등학교에 다니기 시작한 마호는 놀랄 만큼 변했다.

우선 하나로 묶고 다니던 머리를 숏커트로 잘랐다. 원래부터
얼굴이 작고 목이 길어서 그런지 헤어스타일을 바꾼 것만으로
도 놀랄 만큼 세련되고 예뻐졌다.

지금 생각하면 도심에 있는 미용실에 간 게 아니었을까 싶다.
전체적인 분위기까지 완전히 다 바뀌어서 하마터면 모르고 지
나칠 뻔했다.

교복도 우리가 입는 촌스러운 재킷 타입이 아니라 세일러복
이었고, 가끔 보는 사복 차림도 지금까지와는 달리 화려한 느
낌이었다.

옷깃이 넓은 레이스 소재의 블라우스, 세일러 칼라가 달린
짧은 셔츠, 통이 넓고 발목이 드러나 보이는 바지. 모두 우메다
나 신사이바시 같은 번화가에서는 흔히 볼 수 있는 패션이었지
만 우리 동네에서 그런 차림을 하고 돌아다니는 사람은 거의
없었다.

얼마 전까지 나와 단짝이었다는 사실이 믿기지 않을 정도였
다.

쉬는 날에는 새빨간 립스틱을 바르고 옆구리에 LP 레코드를
끼고 다녔다.

학교가 멀어서 그런 것도 있겠지만 언제나 친구와 함께가 아
니라 혼자였다.

중학교 때 혼자 도시락을 먹던 때처럼 등을 꼿꼿이 세운 채.

그런 마호를 보면서 예쁘다고 생각했다.

어째서일까. 지금도 그렇지만 나는 나를 사랑하지 않는 상대일수록 더 고결하고 아름답다고 느끼는 경향이 있다.

나를 거부하는 사람일수록 더 옳다고 생각하는 것이다.

그래서 나는 그 시절의 마호가 좋았다. 어쩌면 함께 다니던 때보다도 더.

장마가 끝나고 여름이 무르익어 가던 어느 날이었다.

그날은 종업식이었고, 나는 바로 집으로 가지 않고 근처에 있는 도서관에 들렀다.

고등학교에 들어온 후로 책만 읽었다. 친구가 없으면 쉬는 시간에 할 일도 없다. 책을 읽고 있으면 이야기할 상대가 없어도 외롭지 않았다.

내 목에는 여전히 굵고 거친 밧줄이 감겨 있었지만 책 속에서라면 어디든 갈 수 있었다.

책 속에서 나보다 고독한 사람을 발견하면 친구를 만난 것처럼 반가웠다. 사랑이 이루어지는 이야기보다 이루어지지 않는 이야기를 읽고 싶었다. 누구보다도 슬프고 고독한 사람을 만나고 싶었다.

초등학생 때는 곧잘 친구들과 만화책을 돌려 읽곤 했는데 당시 모두가 가장 좋아한 것은 무서운 이야기와 슬픈 이야기였다. 겨우 맺어진 연인이 불치병에 걸려 있었다는 식의 이야기는 셀 수 없을 정도로 많았고, 다 비슷비슷한 내용이었지만 늘 인기가 많았다.

나는 슬픈 이야기에 끌리는 심정을 이해할 수 없었다.

사랑하는 사람이 죽는 이야기를 읽을 때마다 생각했다. 정말로 슬픈 건 아무에게도 사랑받지 못하고 죽는 사람, 또는 오직 한 사람만을 사랑하는데 그 상대에게 미움받는 사람이 아닐까 하고.

지금도 나는 사랑하는 사람이 죽는 이야기에 눈물을 흘리는 심정이 잘 이해가 가지 않는다.

사랑하는 사람에게 사랑받고, 한순간일지언정 함께 지낼 수 있었다면 그건 행복한 이야기가 아닐까. 적어도 서로 사랑하는 상태에서 상대를 잃는다면 배신감이나 실망감 같은 건 끼어들 틈이 없을 테니까.

나는 더 고독한 사람을 만나고 싶었다.

불행한 사람을 보면 나는 그나마 나은 편이라고 생각할 수 있으니까 그런 사람을 만나고 싶은 걸까 자문자답한 적도 있지만 그건 아닌 것 같았다.

나는 내가 행복하다고 느끼고 싶은 것이 아니라 누군가의 영혼과 공명하고 싶었다. 그리고 내가 공명할 수 있는 상대는 책속에밖에 없었다.

그날 나는 도서관에서 빌릴 책을 고르고 있었다. 서가 위쪽을 올려다보고 있는데 갑자기 누가 내 등을 팡 쳤다.

깜짝 놀라 뒤를 돌아보니 환한 미소가 기다리고 있었다.

처음 보는 교복을 입고 서 있는 사람은 아리사였다.

"아리사!"

"유리!"

반가움에 나도 모르게 소리를 질렀다가 이곳이 도서관이라는 사실을 기억해 냈다. 아리사가 혀를 날름 내밀었다.

둘이서 열람실 밖으로 나와 로비로 향했다. 로비에 있는 소파에 나란히 앉았다.

"오랜만이네…."

딱 2년 만이었다. 그날도 여름 방학 전이었다. 아리사도 기억이 났는지 쓸쓸한 표정으로 엷게 웃었다.

"연하장이랑 편지에 답장 못 보내서 미안해. 그래도 잘 지내고 있는 것 같아서 다행이야."

"괜찮으니까 신경 쓰지 마."

아리사가 글 쓰는 걸 싫어한다는 건 나도 잘 알고 있다.

아리사도 잘 지내고 있는 것 같아 보였고, 웃고 있었다. 그 모습을 보니 가슴이 울컥했다.

"유리 넌 사쿠라가오카 고등학교 다니는구나? 교복을 보니알겠다."

"어, 응."

아리사가 입고 있는 교복은 한 번도 본 적이 없는 디자인이었다.

"마호는? 마호도 같은 학교야?"

아리사의 질문에 나는 잠시 머뭇거렸다.

"마호는 고베에 있는 사립 고등학교에 갔어. 그래서 이제 잘 못 만나."

"그래? 같은 단지에 사는데도?"

"응, 오며 가며 가끔 보기는 하는데 마호도 잘 지내는 것 같더라."

거짓말은 아니었다. 단지 안에서 보는 마호는 언제나 등을 곧게 펴고 또박또박 걸었다.

"아리사 너도 잘 지냈어?"

"응, 잘 지내고 있어."

딱히 무리하고 있는 것 같아 보이지는 않았다. 예전에는 말을 심하게 더듬었지만 지금은 거의 느껴지지 않았다.

"나는 특수학교에 다니고 있어. 좀 멀지만 좋은 곳이야."

"그렇구나."

"응, 나보다 심한 장애를 가진 아이들이 대부분이라서 내가 도와줄 수 있는 일이 많거든. 그래서 다들 나한테 의지하고, 난 그게 참 좋더라. 엄마랑 아빠는 내가 일반 학교에 가기를 바란 것 같지만."

아리사는 예전처럼 내 손을 꼭 잡고 내게 기대어 말했다. 그리운 무게감에 마음 한구석이 아려 왔다.

아리사가 행복한 건 기쁜 일이지만 이제 나는 더 이상 아리사에게 필요한 사람이 아니라는 생각이 들었다.

"유리 넌? 새 친구는 사귀었어?"

"응. 우리 학교에는 같은 중학교에서 올라온 애들도 많으니까⋯."

나는 처음으로 아리사에게 거짓말을 했다.

"그렇구나⋯. 나는 미나미 9 중학교 애들이랑은 다시는 만나고 싶지 않아. 아, 물론 유리 너랑 마호는 빼고."

중학교 때 같은 반이었던 아이들은 아리사를 자기들보다 하등한 존재로 취급했다. 아리사는 거기서 도망쳐 나와 자신의 존엄을 되찾은 것인지도 모른다.

내 손 안에서는 모든 것이 빠져나가기만 했다. 아리사처럼 자신감에 차서 당당히 서 있는 것 따위는 불가능했다.

나는 결심을 굳히고 입을 열었다.

"사토코도 소년원에서 나왔어."

"사토코?"

아리사는 어리둥절한 표정을 지었다.

"왜 있잖아, 호소오 여자친구였던 애."

"아아⋯ 걔는 그냥 보고만 있었던 거 아니었어?"

의외였다. 나는 아리사가 사토코를 원망하고 있을 거라고 생각했다. 하지만 아리사는 사토코의 존재를 거의 잊고 있었다.

"다른 사건으로 소년원에 갔었어."

"그랬구나. 나는 그 일 이후 미나미 9 중학교 애들이랑은 거의 만날 일이 없었으니까."

아리사가 문득 쓸쓸한 표정을 지었다.

"가끔 생각하곤 해. 지금 내가 다니는 학교에 리나코도 함께 왔더라면 좋았을 텐데, 하고 말이야. 그랬더라면 리나코한테도 친구가 많이 생겼을 텐데."

"그러게…."

아리사는 리나코의 죽음을 잊지 않고 있었다. 리나코의 죽음을 슬퍼하며 운명을 탓하고 있었다. 하지만 밝게 웃으며 지금은 학교 생활이 즐겁다고 했다.

아리사가 손목을 들어 시간을 확인했다.

"아, 이만 가 봐야겠다. 동생을 수영 학원에 바래다줘야 하거든. 나 먼저 갈게. 다음에 또 보자. 다음에는 마호도 같이 보면 좋겠다."

"응, 잘 가."

아리사는 자리에서 일어나 가방을 어깨에 메더니 도서관 입구 쪽으로 걸어갔다. 거기서 잠시 걸음을 멈추고 내 쪽을 돌아보며 손을 흔들었다.

나는 소파에 앉은 채 아리사를 향해 마주 손을 흔들었다.

또 보자고 했지만 아리사를 만난 것은 그날이 마지막이었다.

그렇다고 해서 아리사에게 무슨 일이 생기거나 한 것은 아니다. 나는 나대로 폭풍우처럼 휘몰아치는 나날 속에서 살아남기 위해 안간힘을 쓰고 있었고, 아리사는 아리사대로 새로운 길을 걸어 나가기에 바빠 과거를 돌아보고 있을 시간 따위는 없었을 것이다.

하지만 그 이후로도 나는 때때로 그날 본 아리사의 얼굴을 떠올리곤 했다.

아무리 억울한 일을 당하고 세상을 원망하고 싶어지더라도 그날 아리사가 웃고 있었다는 사실을 떠올리면 조금이나마 마음이 평온해졌다.

물론 그 후로도 아리사가 계속 행복하게 살았을지는 알 수 없는 일이다. 과도한 관심과 애정이 부담스러울 수도 있으니 혹시 아리사를 다시 만나게 되더라도 이런 얘기는 하지 않을 것이다.

그래도 친구의 웃는 얼굴을 떠올리며 세상은 생각보다 나쁘지 않다고 생각하는 것 정도는 괜찮지 않을까.

여름방학 중에 결행에 옮기기로 정했다.

평소에는 방과 후밖에 시간이 안 나지만 방학 중에는 아침부터 저녁까지 자유롭게 움직일 수 있다.

유스케는 방학 중에도 야구부 연습 때문에 매일 학교에 가고, 사토코네 부모님도 평소와 다름없이 출근한다. 초등학생들과 중학생들이 낮 시간에 단지 안을 돌아다니니까 그 부분은 신경을 써야겠지만 그래도 학교에 매여 있는 학기 중보다는 움직이기 쉬울 터였다.

사토코는 치과에 다니기 시작했다. 우리의 계획으로는 내가 영감탱이를 죽일 때 사토코는 미리 예약해 둔 치과에 가서 치료를 받고 있을 예정이었다. 의심받을 가능성이 가장 높은 사토코에게는 완벽한 알리바이가 필요했다.

사토코와 둘이서 만날 날을 정하는 것보다 결행일을 정하는 게 더 쉬웠다. 사토코와 단둘이 만나기 위해서는 영감탱이가 집을 비우기를 기다려야 했지만, 영감탱이 혼자 집에 있는 건 일상이었기 때문이다.

"8월 6일로 하자. 여름 방학은 기니까 실패하더라도 다른 방법을 찾을 수 있을 거야."

사토코의 말에 나는 고개를 끄덕였다.

처음 들었을 때는 불가능할 거라고 생각했던 계획도 계속해서 조금씩 세부 사항을 정해 나가다 보니 별것 아닌 것처럼 느껴졌다. 아마도 무언가가 마비된 것이리라.

나는 미래에 대해 생각하는 것을 그만두었다. 평범한 행복 같은 말에 얽매이지 않기로 했다.

중학교를 졸업하고 현재 고등학교에 다니고 있는 나는, 주위에서 보기에는 평범한 고등학생처럼 보일 것이다. 평범한 행복처럼 보이는 것도 그 안에서는 폭풍우가 휘몰아치고 있을지도 모른다.

그렇다면 그것을 손에 넣을 수 없다고 해서 억울해할 필요도 없지 않을까.

결행을 일주일 앞둔 7월 말, 나는 사토코네 집에 갔다.

둘이서 주스를 마시고 계획을 다시 한번 점검한 후, 방바닥에 드러누워 천장을 올려다보았다.

열어둔 창문 너머로 시끄러운 매미 소리가 들려왔다.

"있잖아, 유리."

"응?"

누운 채로 고개만 사토코 쪽으로 돌렸다. 어른스러운 인상을 주는 사토코의 길고 갸름한 눈은 나를 보고 있지 않았다.

"만약 성공하면 우리는 더 이상 만나지 않는 편이 좋겠지?"

"아무래도 그렇겠지."

사토코의 말이 맞다. 일이 성공한다면 우리는 만나지 않는 것이 좋다. 머리로는 알고 있는데 마음 한구석이 허전하고 쓸쓸했다.

사토코는 창문을 향해 손바닥을 뻗었다.

"살인의 공소 시효는 15년. 그러니까 15년이 지나면 다시 만날 수 있어."

15년 후면 우리는 서른이나 서른하나가 되어 있을 것이다. 그 나이가 될 때까지 내가 살아 있을지도 알 수 없었다. 그 전에 죽을 거라고 생각하는 게 더 편했다.

스무 살이 되기 전에 죽는다고 생각하면 인생은 단순하고 명쾌해진다. 하지만 자살이라도 하지 않는 이상 일이 그렇게 쉽게 풀릴 리가 없다. 아무래도 살아남을 가능성이 더 높다.

나는 갈라진 목소리로 중얼거렸다.

"만약 실패하면…."

창문에서 밀어 떨어뜨렸는데도 영감탱이가 죽지 않고 살아서 내가 밀었다고 증언한다면? 아니면 죽이는 데에는 성공했지만 경찰 수사에서 진실이 밝혀진다면 어떻게 되는 걸까.

"열여섯이니까 소년원에 보내지겠지. 나 때처럼."

사토코가 딱 잘라 말했다.

사토코는 내 죄를 대신 뒤집어쓰고 소년원에 갔다. 그렇다면 실패해도 달라질 것은 없을지도 모른다.

"내가 부탁한 거라고 솔직하게 말할게. 유리 너도 그렇게 말해도 돼."

"믿어 줄까?"

"유리 너한테는 영감탱이를 죽일 이유가 없잖아. 영감탱이가 부자도 아니고."

하지만 푼돈 때문에 사람을 죽이는 경우도 많지 않은가.

"어제 TV에서 유목민의 생활을 보여 주더라."

"어디?"

"몰라. 소련의 어딘가."

소비에트 연방이라는 나라가 넓다는 사실은 알고 있었다. 그 중에는 유목을 하며 살아가는 사람들도 있을 것이다. 나는 지도 보는 것을 좋아했다. 세상에는 다양한 장소가 존재하고, 그 중 어딘가에는 내가 발붙일 땅이 있을지도 모른다고 생각할 수 있었기 때문이다.

"일이 다 끝나고 나면 둘이서 거기에 가 보자. 유목민이 되어서 양이 먹을 풀을 찾아 끝도 없이 떠돌아다니는 거야."

사토코가 하는 말이 현실적이지 않다는 건 누가 봐도 명백했다.

하지만 소원 하나 정도는 이루어져도 되는 거 아닐까. 일이 다 끝나고 나면. 내가 체포돼서 소년원에 들어갔다가 나온 후일지, 아니면 무사히 살인에 성공하고 15년이 지난 후일지는 모르겠지만.

나는 사토코와 단둘이서 일본을 떠난다. 그리고 한 번도 가본 적 없는 곳에서 양떼를 쫓으며 사는 거다.

이상한 일이었다. 사토코와 다시 친해질 일은 없을 거라고 생각했는데 정신을 차리고 보니 세상에는 우리 둘뿐이었다. 마치 지난 10년 동안 계속 함께였던 것 같은 기분마저 들었다.

지금도 나는 종종 그때의 계획을 떠올리곤 한다.

물론 계획은 성공하지 못했고, 실행에 옮기지조차 못했다. 유목민이 되고 싶다고 생각한 것은 그 순간뿐이었고, 지금 누가 나에게 비행기 티켓과 이주 비자를 준다고 해도 곤란할 뿐이다.

그래도 곤히 잠든 양들 옆에서 밤하늘을 가득 수놓은 별을 올려다보는 사토코와 내가 어딘가의 세계에 존재할 것만 같은 기분이 든다.

그러고 나서 이틀 정도 지났을 때의 일이다.

저녁부터 폭우가 쏟아졌다. 집에서 나올 때 우산을 챙기지 않았던 나는 단지 안에 있는 서점에서 비가 그치기를 기다렸다.

3년 전 마호와 처음 말을 튼 것도 이 서점에서였다. 그걸 생각하면 마음이 무거워져서 고등학생이 되고부터는 발길이 멀어졌다.

학교 가는 길에 다른 서점이 하나 더 있어서 사고 싶은 책은 거기서 샀다.

여름 방학이 되어 오랜만에 이 서점에 와서 책을 둘러보았다.

빗줄기는 점점 더 거세졌다. 이대로 계속 기다리기보다는 비를 좀 맞더라도 집까지 뛰어가는 편이 나을 것 같기도 했다.

그런 생각을 하며 멍하니 밖을 내다보고 있는데 가게 문이 열렸다.

문을 열고 들어온 사람은 마호였다. 서점 아줌마는 가게 안쪽에서 재고 정리를 하고 있었고, 매장 안에 있는 사람은 나와 마호뿐이었다.

나는 고개를 돌렸다. 지금까지 단지 안에서 마주쳤을 때도 이런 식으로 눈을 피하고 인사조차 하지 않았다.

하지만 그날 마호는 곧장 내 쪽을 향해 걸어왔다.

"할 얘기가 있는데."

"어…?"

오랜만에 마호의 목소리를 들었다.

"지금 아무도 없고 오늘은 엄마도 늦는다고 했으니까 우리 집으로 가자. 밖에서 할 수 있는 얘기가 아니니까."

마호가 어른스러운 말투로 말했다.

"할머니는?"

"요양 병원에 들어가셨어. 그래서 지금은 같이 안 살아."

몰랐던 사실이었다. 마호네 할머니는 점잖고 온화한 분이셨다. 언제나 느린 말투로 천천히 말씀하셨다.

"건망증이 심해지고 실수도 잦아지셨는데 엄마랑 나 둘이서는 제대로 돌봐드릴 수가 없으니까."

나는 마호의 재촉을 받으며 가게를 나섰다. 마호가 우산을 가지고 있어서 함께 쓰고 걸었다.

마호는 오늘도 빨간 립스틱을 바르고 있었다. 남자아이처럼 머리를 짧게 잘랐는데도 묘한 색기가 느껴졌다.

비가 너무 많이 와서 우산을 쓰고도 어깨와 다리가 홀딱 젖었다. 우산 하나를 둘이 나눠 쓰다 보니 젖지 않은 부분은 얼굴과 한쪽 어깨뿐이었다.

우리는 물에 빠진 생쥐 꼴로 마호네 집에 도착했다.

신발 안에도 물이 차서 양말이 질퍽거렸다. 나는 현관에서 신발과 양말을 벗었다.

먼저 들어간 마호가 내게 수건을 건넸다.

수건으로 젖은 머리와 몸을 닦고 발도 닦았다. 젖은 양말은 가방에 넣었다.

"들어와."

항상 깔끔하게 정리되어 있던 부엌에는 신문지 더미가 여기저기 놓여 있고, 설거짓거리가 싱크대에 잔뜩 쌓여 있었다.

마호네 엄마는 일이 너무 바빠서 전처럼 집 안을 정돈할 여유가 없는 걸까. 어쩌면 지금까지 집을 깨끗하게 유지해 온 사람은 마호네 할머니였을지도 모른다.

"나, 도쿄로 돌아가게 될지도 몰라."

마호가 자기 머리를 수건으로 말리며 말했다.

"정말? 하지만 고베에 있는 학교도 어렵게 시험 봐서 들어간 거잖아."

아직 입학한 지 반년도 지나지 않았는데.

"사립은 학비가 비싸대. 그래서 엄마가 아빠한테 양육비를 더 달라고 부탁했더니 아빠가 나를 데려가고 싶다고 했다나 봐…. 그래서 2학기부터는 도쿄에 있는 학교로 전학 가게 될지도 몰라."

2학기부터라면 한 달도 채 남지 않았다.

"너희 엄마도 동의한 거야?"

"글쎄? 혼자 벌어서 할머니 병원비와 내 학비를 대기는 빠듯하다고 했으니까 내가 없어지면 그건 그것대로 좋아하지 않을까?"

"설마…"

"대학을 고베로 가면 된다느니 대학 졸업 후에 오사카로 돌아오면 된다느니 그러고 있는데 너무 제멋대로라고 생각하지 않아? 애초에 고등학교를 공립으로 갔으면 학비 걱정 따위 할 필요도 없었을 텐데."

마호가 냉담한 어조로 내뱉었다.

그야 할머니가 요양 병원에 들어가게 된 것은 마호네 엄마 입장에서도 예상치 못한 일이었을 것이다. 하지만 아이들은 언제나 어른들의 사정에 휘둘리는 수밖에 없다.

"마호 넌 도쿄로 돌아가고 싶어?"

"싫지는 않아. 도쿄는 좋아하니까. 내가 태어난 곳이기도 하고. 아빠도 딱히 싫어하는 건 아니고 아빠의 새 와이프도 젊고 예쁘고 상냥하거든."

하지만 마호의 목소리는 조금도 기뻐하는 것 같지 않았다. 기쁨보다는 오히려 분노에 가깝게 느껴졌다.

"오사카에는 그다지 좋은 기억도 없고 도쿄로 돌아가서 처음부터 다시 시작하는 게 나을 것 같기도 해."

마호는 자기 자신한테 말하듯 중얼거렸다.

심장이 으스러지는 것만 같았다. 마호가 '좋은 기억이 없다'라고 말한 시간은 나와 마호가 함께한 시간이었다.

우리의 시간이 너무도 쉽게 한마디로 정리되어 버렸다는 사실에 슬픔이 몰려왔다.

내가 사람을 찌른 일과 관련해서 마호가 전혀 상관이 없다고는 하기 어렵다.

내가 마호를 구한 거라고, 마호를 위해서 그런 거였다고 말할 생각은 없다. 마호가 말했듯이 그 순간 나를 움직인 충동은 사토코를 구하지 못했다는 후회와 깊이 연관되어 있었다. 하지만 그렇다고 해서 마호를 구하고자 하는 마음이 없었던 것은 아니다.

"그건 그렇고 여기서부터가 본론인데."

그 말을 듣고 조금 놀랐다. 마호가 오늘 나를 부른 건 도쿄로 돌아가게 되었다는 소식을 전하기 위해서인 줄 알았기 때문이다.

마호는 내 눈을 가만히 응시하며 입을 열었다.

"유리 네가 사토코네 할아버지를 죽이기로 했다는 게 사실이

120

야?"

　입을 헤 벌리고 있는 내 모습이 우스웠던 걸까.

　마호가 풋 하고 웃음을 터뜨렸다. 오랜만에 보는 웃는 얼굴이었다.

　"그렇게 놀랄 줄은 몰랐는데."

　"누가… 누구한테 들었어?"

　"사토코한테. 어제 만났거든."

　어째서 사토코는 마호에게 얘기한 걸까. 다른 사람이 알게 되면 안 되는 일인데.

　"만약 네가 직전에 겁먹고 도망치면 나보고 증언해 달라고 하더라. 그 하라다라는 남자를 처음에 찌른 사람은 사토코가 아니라 유리 너였다고."

　나를 믿지 않은 사토코에게 화가 났다.

　하지만 곧 깨달았다. 사토코는 거짓 증언을 부탁한 게 아니다. 사토코가 마호한테 증언해 달라고 한 내용은 전부 사실이다.

　나는 숨을 크게 들이마셨다.

　"걱정 마. 마호 너한테 피해가 가는 일은 없을 거야."

　마호는 화난 얼굴로 나를 쳐다보았다.

　"사토코네 할아버지를 죽일 거야?"

　"응."

　"사토코한테 협박당해서? 나는 말하지 않을 거야. 유리 네가 도망쳐도 그 남자를 찌른 게 너라고는 절대로 말 안 할 거라고. 내가 말하지 않으면 다들 사토코가 아니라 널 믿을 거야. 사토코는 호소오의 여자친구니까."

아마도 그럴 것이다. 나는 눈에 띄지 않는 얌전한 아이였고, 이런 상황에서 주위로부터 무조건적인 신뢰를 얻는 것은 그리 어려운 일이 아니었다.

하지만 앞으로는 그러지 않기로 했다. 더 이상 그런 세상에 가담하고 싶지 않았다. 남들이 다루기 쉬운 아이로 남아 있는 것과 옳은 일을 하는 것은 전혀 다르다.

"하지만 그건 거짓말이잖아. 나는 그 남자를 찔렀고, 사토코가 나 대신 죄를 뒤집어쓴 건 사실이야."

"그래서 사토코한테 협박당해서 걔가 하라는 대로 하겠다고?"

나는 곰곰이 생각해 보았다. 협박당해서 하라는 대로 하는 게 아니다. 왜냐하면 사토코가 가지고 있는 카드는 등가였으니까.

사토코는 내가 살인자라는 카드를 이용해서 나한테 살인을 시키려고 하고 있었다. 그걸 협박이라고 할 수 있을까. 싫으면 내 입으로 사실을 말하면 된다.

"마호 너한테는 피해 안 가게 할 테니까 걱정 마."

"안 돼, 내가 다 말해 버릴 거야! 엄마한테 말해서 못 하게 할 거야. 사토코가 유리 널 협박해서 사람을 죽이려고 한다고…"

그건 곤란하다. 나는 잠시 고민했다. 사토코의 명예를 생각하면 말해서는 안 된다. 하지만 마호를 끌어들인 건 사토코였다.

"있잖아, 사토코가 왜 자기 할아버지를 죽이려고 하는지 들었어?"

"아니. 알고 싶지도 않아!"

"너랑 같아. 그 하라다라는 남자가 마호 너한테 하려고 했던 짓이랑 비슷한 일이 있었어. 그것도 사토코가 아직 아무것도 모르는 어린아이일 때…."

마호가 흠칫 몸을 떨었다.

"사토코네 가족들도 몰랐을 리가 없어. 알면서 모르는 척한 거야. 나도 알고 있었어. 어려서 그게 무슨 의미인지는 몰랐지만…."

그리고 우리 가족도 의심은 했지만 그냥 무시하고 넘어갔다.

나는 도저히 나 자신이 무고하다고는 생각할 수 없었다.

"그럴 수가…. 너무해…."

"너무하다고 생각하면 아무 말도 하지 마. 가만히 있기만 하면 너랑은 아무 상관도 없는 문제로 끝날 거야."

그리고 9월이 되면 마호는 도쿄로 돌아갈 것이다. 그러고 나면 두 번 다시 만날 일이 없을지도 모른다.

잠시 침묵이 흐른 후 마호가 천천히 입을 열었다.

"6일 오후 4시랬나?"

나는 놀라서 눈이 휘둥그레졌다. 어떻게 마호가 정확한 일시까지 알고 있는 걸까.

"그것도 사토코한테 들었어?"

"응. 그날 나는 혼자 집에 있을 거야. 그리고 만약 유리 네가 의심을 사게 되면 너랑 같이 있었다고 증언하기로 했어. 그러니까 유리 너도 나랑 같이 있었다고 하면 돼."

사토코는 내 알리바이 공작까지 마호에게 부탁한 모양이었다.

나는 어깨를 축 늘어뜨렸다. 일이 잘 풀리든 안 풀리든 마호를 끌어들일 수밖에 없게 되었다.

"의심 안 사게 할게. 마호 너한테 피해 가는 일이 없도록…."

"그런 말 하지 마."

마호가 단호한 말투로 말했다.

"애초에 내가 없었으면 유리 네가 사람을 찌를 일도 일어나지 않았을 거고, 사토코가 대신 잡힐 일도 없었을 거야."

그건 마호 잘못이 아니다.

어디까지 거슬러 올라가면 우리는 때 묻지 않은 상태로 남아 있을 수 있는 걸까. 아예 이 세상에 태어나지 않았더라면 좋았을까.

하지만 그런 건 불가능하다.

결행 전날은 한숨도 못 잤다.

당일에는 집에서 숙제하는 척하면서 계속 시계만 쳐다보고 있었다.

몹시 더운 날이라 가만히 앉아만 있어도 땀이 줄줄 흘러서 몇 번이나 옷을 갈아입고 세탁기를 돌렸다.

3시 40분에 집을 나섰다.

사토코는 4시 정각부터 치과 치료를 받을 예정이었다. 치과는 단지에서 20분 정도 떨어져 있으니 내가 10분쯤 일찍 가더라도 사토코가 의심을 살 일은 없겠지만 가능하면 확실하게 알리바이가 있는 시간에 가는 것이 안전했다.

우리 집에서 사토코네 집까지 걸어서 5분. 도착하면 15분 정도 영감탱이랑 이야기를 나누면서 영감탱이를 방심하게 만든다. 그러고 나서 '저기 있는 사람, 사토코 같지 않아요?' 하고 영감탱이를 창가로 불러내어 밖을 내다보게 만든다.

그리고 다리를 들어 창문 밖으로 던져 버린다. 서둘러 집 안으로 돌아와 열쇠로 현관문을 잠그고 다른 사람들 눈에 띄지 않도록 조심하며 마호네 집으로 간다.

돌아가는 길에 얼굴을 감추기 위해 긴 가발과 선글라스를 준비했다. 어른스러운 느낌의 검은색 원피스를 입었다. 평소에는 청바지에 티셔츠만 입으니 나를 알아보는 사람은 없을 것이다.

나는 가발과 선글라스가 들어 있는 가방을 들고 사토코네 집으로 향했다.

그 악몽과도 같은 사건이 일어났던 공원 앞까지 왔을 때였다. 쿵 하고 무거운 짐이 떨어지는 소리가 났다.

공원에서 놀고 있던 아이들의 움직임이 멈췄다. 공원 한가운데에 사람이 쓰러져 있었다.

나는 그 자리에서 꼼짝도 하지 못했다. 설마.

사토코의 방을 올려다보았다. 창문이 열려 있었다.

설마, 그럴 리가.

아이들이 쓰러진 사람에게 조심스럽게 다가갔다.

"사람이 떨어졌어요!"

한 아이가 소리쳤다. 지나가던 여자가 그 말을 듣고 쓰러진 사람 곁으로 달려가더니 비명을 질렀다.

"구급차! 빨리 구급차 좀 불러 주세요!"

옆 동에서 사람이 뛰어나왔다.

"무슨 일이죠?"

"히노 씨 댁 할아버지가! 창문에서 떨어지셔서…"

거짓말이다. 그럴 리가 없다.

그건 내가 해야 할 일이다.

사토코는 치과에 가 있을 것이다. 그리고 우리 말고 이 계획을 아는 사람은 한 명뿐이었다.

나는 뒤도 돌아보지 않고 달렸다.

마호는 내 알리바이를 만들어 주기 위해 혼자 집을 지키고 있을 터였다.

마호네 집에 도착해 인터폰을 몇 번이고 눌렀다. 아무도 나오지 않았다. 대답하는 소리도 들리지 않았다.

계단을 뛰어 올라오는 소리가 들렸다. 나는 획 하고 뒤를 돌아보았다.

거기에는 마호가 서 있었다. 숨을 헐떡이면서.

"…어째서!"

마호는 묵묵히 현관문을 열고 나를 집 안으로 밀어 넣었다. 거친 숨을 몰아쉬며 그 자리에 털썩 주저앉았다.

"괜찮아…. 아무도 못 봤을 거야…."

"대체 왜! 왜 마호 네가!"

마호가 웃으며 자리에서 일어나더니 내 얼굴 옆 벽을 짚었다.

"똑같은 거잖아."

"뭐가!"

"유리 네가 죽이고 내가 거짓말을 해서 알리바이를 만들든, 내가 죽이고 네가 거짓말을 해서 알리바이를 만들든, 성공하기만 하면 되는 거 아냐? 누가 죽였는지는 너랑 나밖에 모르잖아. 다른 사람은 절대 몰라."

마호는 건조한 목소리로 웃으며 말했다.

"그리고 내가 더 잘할 게 확실하니까."

5

　희미한 갈증을 느끼기 시작한 것은 이야기가 중학교 시절에
접어들 즈음부터였다.

　여자가 말하는 상황과 풍경이 왠지 낯이 익었기 때문이다. 생
각해 보면 내가 살던 지역은 주변에 아파트 단지가 많았고, 반
에서 절반 이상이 단지에 살았다. 나는 단지가 아니라 고층 아
파트에 살았다.

　원래부터 친구가 많은 편도 아니었고, 학교에서는 따돌림을
당하거나 겉도는 부류에 속했다. 학교를 떠올렸을 때 느끼는 감
정은 향수나 그리움이 아니라 그저 어떻게든 살아남았다는 안
도감뿐이다.

　여자가 말하는 중학교 시절은 이런 내 기억과 매우 흡사했다.

규칙과 질서가 무너지고 교내 폭력이 끊이지 않았다는 것도 똑같았다.

등줄기에 전율이 흐른 것은 마에지마 아리사라는 이름을 들었을 때였다. 마에지마 아리사. 나는 그 소녀를 알고 있었다.

한 번도 같은 반이었던 적은 없지만 내 친구와 친해서 가끔 우리 반에 놀러 왔었다.

만나면 손을 흔들어 인사하고 대화를 나눴다. 친한 상대에게는 스스럼없이 친근감을 표현하고 스킨십을 좋아했다는 점도 내 기억과 일치했다.

중학교 2학년 때 일어난 그 사건도 기억하고 있었다. 미나카미 리나코와 직접 이야기를 해 본 적은 없지만 아리사와 함께 있는 모습은 자주 보았다.

여자의 이야기를 들으며 곰곰이 기억을 되짚어 보았다.

지금 눈앞에 앉아 있는 토츠카 유리라는 여자는 내 기억 속에 없었다. 물론 중학교 때는 한 학년이 7반인가 8반까지 있었으니 전교생을 기억하고 있을 자신은 없다. 원래 나는 다른 사람 얼굴이나 이름을 잘 기억하지 못하는 편이기도 하다.

히노 사토코는 어렴풋하게나마 기억이 나는 것 같기도 했다. 품행이 불량한 남학생들하고만 어울려 다니던 소녀다. 아마도 1학년 때 나와 같은 반이었을 것이다.

사카자키 마호도 기억나지 않았다. 얼굴을 보면 기억이 날지도 모르겠지만.

거기서 한 가지 의문이 들었다.

지금 눈앞에 있는 토츠카 유리는 내가 중학교 시절 동급생이라는 사실을 알고 있는 걸까. 말투와 태도에서는 그런 기색이 전혀 느껴지지 않았다.

내가 먼저 말하는 게 좋을까 고민하는 와중에도 이야기는 계속 진행되었다.

유리가 마호를 구하기 위해 사람을 죽이고, 사토코가 유리 대신 소년원에 가고, 이번에는 사토코네 할아버지를 유리가 죽이게 되나 싶더니 유리 대신 마호가 할아버지를 죽여 버린다.

쉽게 믿을 수 있는 이야기는 아니었다. 하지만 이야기에 등장하는 인물들 중 일부를 나는 알고 있었다.

사건의 무대가 된 장소도, 학교 분위기도 똑똑히 기억났다. 이것은 지어낸 이야기가 아니었다.

히노 사토코가 소년원에 갔었는지는 기억나지 않았다. 같은 학교에 다니기는 했지만 사토코는 나와는 아무 접점도 없는 아이였다. 아마도 같은 반이었을 때조차 직접 대화를 나눈 적은 한 번도 없었을 것이다.

나는 오사카 시내에 있는 사립 고등학교에 들어갔고 그 후에 이사도 했기 때문에 중학교 때 친구들과는 거의 만날 일이 없었다.

그렇다 보니 지금 들은 말의 진위를 확인하기도 어려웠다.

토츠카 유리는 이야기를 멈추더니 잔에 든 물을 단숨에 들이켰다.

"후, 지치네요."

그럴 만도 했다. 거의 1시간 반 가까이 쉬지 않고 말한 셈이었다.

"오늘은 여기까지만 하고 나머지는 날을 다시 잡는 걸로 할까요?"

내가 말하자 여자가 몸을 앞으로 불쑥 내밀었다.

"또 만나 주시겠어요?"

여기까지 듣고 그만둘 수는 없었다. 이 이야기의 결말이 어떻게 될지는 모르겠지만 중학교 2학년 때의 폭풍우 속에 있었던 건 나도 마찬가지였으니까.

"네, 저도 뒷이야기를 마저 듣고 싶네요."

내 말을 듣고 여자는 기쁜 듯한 표정을 지었다. 뭔가 할 말이 있는 것처럼 입을 열었다가 다시 다물었다.

"왜 그러시죠?"

"이걸로 소설을 쓸 수 있을 것 같으세요?"

"쓸 수 있을지도 모릅니다. 하지만 저는 대중 문학 작가이기 때문에 픽션밖에 쓰지 않고, 그렇다 보니 당사자들에게는 유쾌하지 않은 내용이 될 가능성도 있습니다."

내가 취재를 별로 좋아하지 않는 것은 이런 이유 때문이었다.

"상관없습니다. 그리고… 만약 이 소재로 소설을 쓰게 되었을 경우에는 사례금 같은 걸 받을 수 있을까요?"

그제야 여자의 목적을 알게 된 나는 오히려 안심했다.

"지금 출판계는 불황이기 때문에 책 한 권을 냈을 때 작가가 받는 인세는 아마 생각하시는 것보다 훨씬 더 적을 겁니다. 거

액의 사례금을 드리거나 하는 건 불가능해요."

아무래도 오늘 마신 음료 값은 내가 계산하는 게 좋겠다는 생각이 들었다.

"그래도 책이 잘돼서 영화화된다거나 하면 인세가 몇천만 엔씩 들어오는 거 아닌가요?"

"그런 일은 없습니다. 30~40년 전이라면 또 모를까 지금은 베스트셀러 작가도 그 정도는 못 받을걸요. 영화화됐을 경우 원작의 저작권료가 얼마인지 들으면 아마 깜짝 놀라실 겁니다. 소설이 영화로 만들어지는 것 자체가 자주 있는 일도 아니고요. 저는 20년 넘게 소설을 쓰고 있지만 제 작품이 영화화된 적은 한 번도 없었습니다."

여자가 어깨를 축 늘어뜨렸다.

"하지만 저는 돈이 필요한걸요."

"사례금이 목적이라면 제게 말씀하셔도 기대에 부응하기는 어렵습니다. 저보다 더 인기가 많은 작가를 만나 보시는 게 좋을 것 같은데요. 오늘 들은 이야기는 이 자리에서 다 잊고 향후 소재로 쓰지도 않겠습니다."

하지만 토츠카 유리는 고개를 저었다.

"아니요, 꼭 선생님이 써 주셨으면 해요."

마호는 8월 말에 도쿄로 이사 갔다.

마호네 엄마는 그 후로도 단지 내에서 종종 마주치곤 했으니 마호 혼자만 아빠가 있는 곳으로 옮겨간 듯했다.

이사 간 주소는 모른다. 마호도 알려주지 않았고 나도 굳이 묻지 않았다.

마호가 왜 그런 짓을 했는지는 알 것 같기도 하고 모를 것 같기도 했다. 사토코가 왜 나 대신 소년원에 갔는지 알 수 없는 것처럼.

그건 충동적인 행동이었을까, 아니면 충분히 고민한 끝에 내린 결정이었을까.

사토코네 할아버지는 바닥에 머리를 세게 부딪쳐서 두 달 후에 돌아가셨다.

할아버지가 혼수상태에 빠져 있는 동안 나는 줄곧 가느다란 실 위를 걷는 기분이었다. 만약 할아버지의 의식이 돌아와서 마호가 한 짓이라는 게 밝혀지면 어떻게 해야 할까.

마호가 경찰에 체포되면 나는 어떻게 하면 좋을까. 사토코 때처럼 그저 입 다물고 가만히 있는 쪽을 택하게 될까. 마호를 구하기 위해 뭔가 내가 할 수 있는 일이 있을까.

나는 나 자신을 조금도 믿을 수가 없었다.

내가 찌른 게 분명한 사토코 때조차 나는 입을 꾹 다물고 아무것도 모르는 척했다.

이번에 범행을 저지른 사람은 마호다. 원래는 내가 할아버지를 죽일 예정이었지만 실제로는 아무것도 하지 않은 내가 처벌을 받을 일은 없었다.

나는 아마도 사토코를 저버린 것과 마찬가지로 마호도 저버릴 것이다. 그런 생각을 하자 위가 콕콕 쑤셨다.

교복이 동복으로 바뀌고 며칠이 지났을 때 단지 안에서 사토코와 마주쳤다. 우리는 말 없이 시선만 교환했을 뿐 손조차 흔들지 않았지만 스쳐 지나가는 순간에 사토코가 말했다.

"영감탱이가 죽었어. 지난주에 장례식도 다 치렀어."

그 순간 온몸의 힘이 쭉 빠져나가는 것만 같았다. 한동안 그 자리에 가만히 서서 꼼짝도 하지 못했을 정도다.

마호는 무사히 도망치는 데 성공했다. 마호가 살인범으로 체포되는 일은 일어나지 않았고, 덕분에 나도 이번에는 비겁한 놈이 되지 않을 수 있었다.

마호에게도 이 소식을 알려주고 싶었지만 전할 방도가 없었다. 마호네 엄마한테 연락처를 물어볼 용기는 나지 않았다. 마호네 엄마는 나를 싫어했으니까.

마호는 말했다.

'내가 더 잘할 게 확실하다'고.

그러니 이사 가서도 떳떳하고 당당하게 살고 있을지도 모른다. 나처럼 불안감에 짓눌려 벌벌 떠는 일은 없을 것이다.

전부터 약속했던 대로 사토코와 나는 그 일 이후 동네에서 마주치더라도 서로에게 눈길조차 주지 않았다.

고등학교 2학년으로 올라가기 직전에 사토코네 가족은 이사를 갔다.

할아버지가 죽었다고는 해도 단지는 4인 가족이 살기에는 여전히 좁았고, 누나와 남동생에게 계속 한방을 쓰게 하기도 애매했을 것이다.

나는 사토코에게 실제로 계획을 실행한 것이 누구인지 밝히지 못했다. 어떻게 말해야 할지도 감이 오지 않았고, 마호가 말한 것처럼 큰 차이는 없을지도 모른다는 생각도 들었다.

고등학교에서는 거의 친구를 사귀지 못했다.

중학교 때처럼 심각한 교내 폭력이나 집단 괴롭힘 같은 건 존재하지 않는 멀쩡한 학교였기 때문에 나는 매일 학교에 가서 수업을 들었다.

그러면서도 늘 여기에 내가 있을 곳은 없다고 느꼈고, 오히려 그게 당연하다고 생각했다.

드문드문 기억나는 장면이 있다.

고전 문학 시간에 선생님이 교과서를 읽기 시작했는데 그것이 교과서의 어느 부분인지 알 수가 없었다. 나는 그 전 수업 때 감기에 걸려 학교를 쉬었다. 아무래도 그때 진도를 건너뛰고 뒤로 넘어간 모양이었다.

나는 옆자리에 앉은 아이에게 물었다.

"미안한데 지금 어디 읽고 있는 건지 좀 가르쳐 줄래?"

그 아이의 눈이 휘둥그레졌다. 반에서 제일 잘나가는 그룹의 일원인 자기한테 내가 말을 걸었다는 사실이 믿기지 않는다는 표정이었다.

그 아이는 말없이 내 쪽으로 교과서를 내밀어서 페이지를 보여 주었다.

나는 고맙다고 인사하고 내 교과서를 펼쳤다. 역시 진도가 상당히 뒤로 넘어가 있었다.

수업이 끝나자 옆자리 아이는 바로 자리에서 일어나 친구들이 있는 곳으로 달려갔다. 그들은 내 쪽을 보면서 수군거리더니 이내 깔깔대며 웃었다.

마치 자기들한테 말 걸 자격이 없는 사람이 말을 걸어왔다는 듯이.

화는 나지 않았다. 그냥 슬펐다.

내가 살고 있는 건 이런 세계이고, 그들은 자기들이 옳다고 믿으며 앞으로도 그 믿음이 흔들리는 일은 없을 것이다.

다만 나는 내게 따뜻하게 대해 준 사람들의 친절보다 그들의 차가운 시선을 더 선명하게 기억했고, 지금도 종종 떠올리곤 한다.

이제 두 번 다시 만날 일도 없고, 이름조차 기억나지 않는데.

사토코를 다시 만난 것은 내가 대학에 들어간 후였다.

그토록 무겁고 암울한 고등학교 시절을 보냈건만 신기하게도 대학생이 되자마자 친구가 생겼다.

입학식 후 이어진 설명회 자리에서 내게 말을 걸어온 여자애가 있었다. 그 아이, 타카스미 치아키는 사교적인 성격에 붙임성도 좋아서 눈 깜짝할 사이에 같은 학과 학생 모두를 친구로 만들어 버렸다.

게다가 그녀는 강의 시간이나 쉬는 시간에 나를 발견하면

"유리, 여기야" 하고 큰 소리로 나를 불렀다.

주저하며 치아키 옆으로 가면 다른 학생들도 내게 말을 걸어왔다. 아무도 심술궂은 말은 하지 않았고, 그룹도 유동적이어서 그때그때 같이 있는 사람들끼리 친하게 지내는 느낌이었다. 같이 술 마시러 가자는 제안을 거절했다고 해서 나중에 싫은 소리를 듣는 일도 없었다. 남자 여자를 따지지도 않았다. 치아키는 유학생들에게도 적극적으로 말을 붙였기 때문에 중국이나 한국에서 온 유학생들도 함께 어울렸다.

난생처음 자유롭게 숨 쉴 수 있는 공간을 찾은 기분이었다.

치아키는 친구가 많았기에 학교 밖에서까지 나와 함께 있지는 않았지만 학교 안에서 치아키가 그런 식으로 내게 말을 걸어준 덕분에 치아키 말고도 몇 명인가 친한 친구가 생겼다.

주말이면 그 친구들과 영화를 보러 가거나 카페에서 수다를 떨곤 했다.

아르바이트도 시작했다. 패밀리 레스토랑에서 웨이트리스로 일했는데 지금까지 굼뜨다고만 생각했던 스스로가 의외로 일을 꽤 잘하는 편이고 남들도 그런 나를 믿고 의지해 준다는 사실을 깨달았다. 중학교와 고등학교는 이미 먼 옛날 일처럼 느껴졌다.

치아키가 내게 함께 놀러 가자고 제안한 것은 1학년 여름 방학을 앞둔 어느 날이었다.

"유리, 이번 여름 방학에 디즈니랜드 가지 않을래?"

"도쿄에 있는?"

"응. 와카나랑 쿄코랑 탄도 함께야. 지금까지 모인 멤버가 네 명인데 예약한 호텔은 엑스트라 베드를 넣으면 한 방에 세 명까지 잘 수 있거든. 한두 명만 더 모이면 방값이 싸지니까…."

인원 수를 채우기 위해서라고는 해도 어쨌거나 내게 물어봐 준 건 고마웠다. 친구들끼리 여행을 간 적도, 도쿄에 가 본 적도 없었다.

"나도 가고 싶다."

"그럼 같이 가자."

5월부터 아르바이트를 해서 모아 놓은 돈은 조금 있었다. 나는 모두와 함께 가기로 했다.

예산이 부족하니 왕복 교통수단은 심야 버스를 이용하고, 디즈니랜드 안에 있는 오피셜 호텔에서 하룻밤 묵은 뒤 신주쿠에 있는 저렴한 비즈니스 호텔에서 하루 더 묵는다는 계획이었다.

탄은 중국에서 온 유학생이었다. 유창한 일본어를 구사했지만 그래도 우리가 평소처럼 대화하고 있으면 가끔 단어나 표현을 못 알아들을 때가 있었다.

주로 약어나 비속어, 우리가 어렸을 때 본 만화나 TV 프로그램을 전제로 한 농담 같은 것들이었다.

치아키는 그런 부분에서는 조금 무신경한 면이 있어서 자기가 탄을 데려왔으면서 탄이 결코 알아들을 수 없는 농담을 하고는 혼자 깔깔 웃었다. 그럴 때마다 탄에게 의미를 설명해 주는 것은 내 역할이었다.

탄이 중국으로 돌아가기 전에 디즈니랜드에 가 보고 싶다고 한 것이 이번 여행 계획을 세우게 된 계기였다. 탄은 교환학생이라서 일본에 머무는 기간은 1년뿐이었다.

우리 다섯 명은 심야 버스를 타고 생애 첫 도쿄를 향해 출발했다.

심야 버스에서는 이상한 냄새가 났고 좌석은 좁아서 도저히 쾌적하다고 말하기는 어려웠지만, 주행 중에 커튼을 걷고 창밖을 내다보니 고속도로 불빛이 뒤쪽으로 빠르게 사라져가는 것이 보였다.

버스는 밤을 달리고 있었다. 과거에 일어난 슬픈 사건이라든지 무거운 기억들이 모두 버스가 달리는 속도에 맞춰 까만 어둠 속으로 사라져가는 듯한 기분이 들었다.

지금 와서 생각해 보면 당시의 나는 행복했던 것 같다.

작은 상자 속에 처박혀 있는 것 같았던 10대도 끝나가고 있었다. 어른이 되면 어디든지 원하는 곳으로 갈 수 있을 것 같았다.

이런 식으로 버스를 갈아타고 언제까지고 끝나지 않을 것만 같은 긴 밤을 달려서.

해가 뜨고 목적지에 도착하자마자 바로 디즈니랜드에 입장해 프리패스로 정신없이 놀았다. 여름 방학이라 사람이 많아서 2시간 넘게 기다려야 하는 놀이기구도 있었지만 친구들과 함께 떠들다 보면 시간은 금방 지나갔다.

밤에는 두 팀으로 나뉘어 각자의 방으로 흩어질 예정이었지만 결국 모두 한방에 모여서 새벽 2시까지 수다를 떨었다. 졸린 사람은 다른 방에 가서 자고, 마지막에 남은 세 명은 침대에 누워 잠에 취한 상태로 완전히 눈이 감길 때까지 계속 잡담을 나누었다.

이튿날 아침, 치아키가 깨워서 일어난 우리는 호텔 조식을 먹으러 내려갔다.

뷔페에서 좋아하는 음식을 접시에 담아와 테이블에 앉자 어디선가 시선이 느껴졌다.

고개를 든 순간 심장이 멎는 줄 알았다.

대각선 맞은편 테이블에 앉아 있는 사람은 틀림없이 사토코였다.

원래부터 어른스러운 외모였던 사토코는 완벽하게 화장을 해서 그런지 나보다 다섯 살쯤 연상으로 보였다.

다리를 꼬고 앉아 손가락 사이에는 담배를 들고 있었다.

나와 시선이 마주치자 사토코는 휙 하고 눈을 피하더니 앞에 앉은 남자를 향해 요염한 미소를 지었다.

더 이상 내 쪽은 쳐다보지도 않았다. 자기한테 말 걸지 말라는 뜻이었다.

갑자기 스스로가 어린아이가 된 듯한 기분이 들었다. 사토코는 남자랑 둘이서 이 호텔에 묵고 있었다. 누가 봐도 데이트였다.

여자 다섯이 모여서 시끄럽게 떠들고 있는 우리가 사토코에게는 어린애 같아 보일 것이다.

즐거웠던 시간들이 빠르게 퇴색되어 갔다. 나는 머릿속에서 사토코를 밀어내기 위해 잔에 든 오렌지주스를 단숨에 들이켰다.

그 때 사토코 앞에 앉아 있던 남자가 자리에서 일어났다. 뷔페에 뭔가 가지러 가는 듯했다.

남자의 얼굴을 본 나는 깜짝 놀라 숨을 들이마셨다.

호소오였다.

죄 없는 사람을 장난삼아 죽이더라도 몇 년 후에는 자유의 몸이 된다. 물론 소년원이어서 교도소보다 빨리 풀려난 것도 있을 것이다.

하지만 아무래도 납득이 가지 않았다. 호소오는 장난으로 리나코를 죽였다. 마치 장난감처럼 발로 차고 때려서.

그런데도 사토코는 호소오와 함께 있다. 아마도 사귀는 사이일 것이다. 디즈니랜드 오피셜 호텔에 묵는 남녀는 거의 대부분 연인일 테니까.

몸이 떨렸다. 식욕은 완전히 사라져 버렸다.

와카나가 내 얼굴을 들여다보았다. 와카나는 항상 다른 사람의 상태를 잘 살피는 편이었다.

"유리, 왜 그래?"

"아무것도 아니야. 말을 너무 많이 했나 봐."

"체크아웃은 12시니까 그때까지 방에서 좀 쉴래?"

"응, 그래야겠다."

"그럼 점심 먹을 장소 정해서 거기서 만나는 걸로 할까? 힘들면 신주쿠에 있는 호텔로 먼저 이동해도 돼. 체크인은 14시부터 가능할 거야."

와카나는 본가가 수도권인데 도쿄가 아니라 오사카에 있는 대학에 진학해서 자취하고 있었다. 그래서인지 또래보다 어른스러운 면이 있었다.

"그렇게까지 힘들지는 않으니까 오전에 좀 쉬면 괜찮을 것 같아."

"그럼 점심을 어디서 먹을지부터 정하자."

치아키가 지도를 꺼내 테이블 위에 펼쳤다. 점심은 디즈니랜드 안에 있는 카페에서 먹기로 하고 시간을 정해서 거기서 만나기로 했다.

고개를 들자 사토코와 호소오가 자리에서 일어나고 있었다. 사토코는 날카로운 눈빛으로 나를 흘깃 쳐다보더니 호소오와 팔짱을 꼈다.

나도 모르게 고개를 숙였다. 정확히 무엇 때문에 상처를 받았는지는 모르겠지만 상처를 받았다는 건 분명했다. 사토코에게 화가 났다.

"먼저 일어날래?"

와카나가 물었다. 나는 고개를 저으며 접시에 놓인 크루아상을 집어서 입에 넣었다.

쿄코가 작은 목소리로 말했다.

"아까 대각선 맞은편 테이블에 있던 커플 봤어?"

"봤어. 뭔가 오사카에 온 날라리 같던데."

치아키의 말에 긴장이 조금 풀렸다. 치아키는 감이 좋았다.

쿄코가 목소리를 한층 더 낮췄다.

"아까 뷔페에서 남자 옆에 섰었는데 셔츠 아래로 팔에 새긴 문신이 보였어. 무섭지 않아?"

"진짜? 완전 무서워!"

그러고 보니 호소오는 여름인데도 긴팔 셔츠를 입고 있었다.

"야쿠자랑 정부?"

"그런 사람들도 디즈니랜드에 놀러오는구나."

나는 잔에 담긴 홍차에 커피 크리머를 넣고 스푼으로 휘저었다.

나는 알고 있다. 그들은 나와 동갑이고 같은 중학교를 나왔다.

호소오는 절대로 용서할 수 없지만 사토코와는 어린 시절 한시도 떨어진 적이 없었고 사이가 멀어진 후에도 마음이 통하는 순간들이 있었다.

허공에 붕 뜬 느낌이 들었다. 대학 친구들의 우정에 거짓은 없지만 나 혼자만 무리에서 멀리 떨어져 나온 것 같았다.

아침부터 디즈니랜드에서 놀기로 한 친구들과 헤어져 혼자 방으로 돌아왔다.

갑자기 외로움이 몰려들었다.

친구들과 함께 웃고 떠들 수 있는 건 잠시뿐이었다. 그들은 내가 사람을 죽였다는 사실을 모른다.

나와는 완전히 다른 세계의 사람들이었다.

만약 내가 아까 그 두 사람이 중학교 동창이라고 얘기했으면 다들 어떤 표정을 지었을까.

그리고 사토코도 내게서 시선을 피했다. 재회를 기뻐하는 기색은 전혀 없었다. 그리고 호소오와 함께 있었다.

침대에 쓰러지듯 누워 눈을 감았다.

세상이 내게 다정하다고 느낀 건 아주 잠깐이었다.

알고 있다. 세상이 내게 다정할 리도 없고, 만약 다정하다 하더라도 내게는 그런 대접을 받을 자격이 없다.

나는 그런 감각에 익숙해져 있었다.

오전 11시경, 나는 짐을 싸서 방을 나섰다. 호텔 프런트에서 체크아웃을 하고 짐을 맡겼다. 약속 시간이 될 때까지 혼자서 디즈니랜드 안을 산책할 생각이었다.

축제 같은 분위기 속에서 걷다 보면 기분이 조금 나아질 것 같았다. 친구들을 만나기 전까지는 표면적으로나마 웃을 수 있는 상태를 되찾고 싶었다.

모처럼 다 같이 여행을 왔는데 나 혼자 우울해하고 있으면 모두에게 미안하니까.

홀가분해진 차림으로 로비를 가로질러 밖으로 나가려고 했을 때였다.

"유리."

갑자기 누가 내 이름을 불렀다. 목소리의 주인이 누구인지는 바로 알아차렸다.

사토코는 로비 소파에 앉아 있었다. 스타킹과 하이힐을 신은 다리를 반대로 꼬았다.

나는 그 자리에 멈춰 서서 호소오가 같이 있는 것은 아닌지 주위를 둘러보았다.

호소오가 없다는 사실을 확인한 후 사토코에게 다가갔다.

"사토코, 오랜만이야. 혹시 도쿄에 살고 있는 거야?"

"아니, 아직 오사카에 있어. 본가에서는 나왔지만."

사토코의 목소리는 예전과 변함이 없었다. 그 사실에 조금 안심이 되었다.

"친구들은? 같이 온 거 아니었어?"

"디즈니랜드에서 놀고 있어. 나는 나중에 합류하기로 했어."

나는 지금껏 힐이 있는 구두는 신어 본 적이 없었다. 오늘도 양말에 운동화 차림이었다. 화장도 색이 있는 립밤을 바른 게 고작이었다.

"대학에 간 거야? 아니면 전문대?"

"대학…"

내가 대답하자 사토코는 코웃음을 쳤다.

"그럴 것 같았어. 누가 봐도 여대생 집단이라는 느낌이었으니까."

나는 놀라서 사토코의 얼굴을 쳐다보았다. 사토코는 내 눈을 피했다.

사토코의 말에는 가시가 있었다. 하지만 그 말을 한 사토코

자신이 오히려 상처받은 것처럼 느껴졌다.

이렇게 예쁘고 어른스러워져서 애인과 함께 호텔에 묵고 있으면서 상처받을 일이 뭐가 있을까.

만화나 드라마에서는 언제나 애인과 함께 있는 여자가 여자들끼리만 모여 있는 집단을 바보 취급한다. 그리고 여자들 집단은 애인이 있는 여자를 질투한다. 하지만 현실은 드라마보다 훨씬 더 복잡하고 까다로웠다.

"즐거워 보이네."

사토코가 엷게 웃었다.

알 수가 없었다. 사토코가 상처받은 것처럼 보이는 이유도, 그리고 내가 그렇게 느끼는 이유도.

나는 입을 열었다.

"호소오랑 같이 있던데."

"뭐 문제 있어?"

"문제는 없지만."

하지만 호소오는 장난으로 리나코를 죽인 사람이다. 그뿐만 아니라 중학교 때는 한번 폭발하면 아무도 말릴 수가 없었다. 이제는 그런 자신의 폭력성을 억누를 수 있게 된 걸까.

"결국 한번 레일에서 벗어나면 두 번 다시 이전으로는 돌아갈 수 없다는 걸 알게 됐거든. 호소오랑 나는 비슷한 부류의 인간이기도 하고."

"나는 그렇게 생각하지 않아."

처음에 사람을 찌른 건 나다. 사토코는 현실에서 도망치기 위해 그걸 이용했을 뿐이고.

"지금은 뭐 해?"

내가 묻자 사토코가 의아한 표정을 지었다.

"뭘 하냐니?"

"일 해? 아니면 전문대에 다닌다든지…"

대학에 다니고 있지 않다는 건 아까 나눈 대화에서 미루어 짐작할 수 있었다.

사토코가 다시금 코웃음을 쳤다.

"일 해. 고등학교도 중간에 관둬서 일 말고는 할 수 있는 게 없으니까."

이유를 물어보려다가 그만두었다.

한번 레일에서 벗어나면 두 번 다시 이전으로는 돌아갈 수 없다. 아까 사토코가 한 말을 통해 어느 정도는 추측이 가능했다.

"술집에서 일하는데 원래 말하는 걸 좋아해서 그런지 의외로 잘 맞는 것 같아."

그렇다면 다행이다. 사토코가 지금 힘들게 살고 있는 게 아니라면 그걸로 충분하다.

사토코는 다리를 바꿔 꼬더니 소파에 몸을 비스듬히 기댔다. 나는 그 옆에 가서 앉았다.

"젊었을 때 열심히 일해서 돈을 모은 다음 40대쯤 되면 어디 시골에라도 좋으니까 오래된 단독주택을 한 채 사고 싶어. 거기서 시바견을 키우면서 밭일을 해서 먹고사는 거지."

3년 전, 사토코는 내게 먼 나라에 가서 양치기가 되자고 했다.

그때에 비하면 꽤나 현실적인 꿈이었다. 지금의 화려한 모습과는 어울리지 않는 느낌이었지만 그 정도 꿈이라면 열심히 하면 얼마든지 이룰 수 있을 것이다.

"좋네."

호소오는 사토코와 함께 시골에서 밭일을 하게 될까. 사토코의 꿈에 더 이상 내가 있을 곳이 없다는 사실이 조금 섭섭했다.

사토코는 여전히 사토코였다. 분위기는 조금 바뀌었을지언정.

사토코가 주위를 둘러보더니 목소리를 낮추었다.

"유리 너한테는 고맙게 생각하고 있어. 영감탱이를 처리해 준 것에 대해서 말이야."

순간 등줄기에 소름이 돋았다.

이건 공정하지 않다. 나는 사토코에게 고맙다는 소리를 들을 만한 일을 하지 않았다.

"저기 있잖아… 그건 내가 한 게 아니야."

"뭐?"

"내가 너희 집에 도착하기 전에 영감탱이가 창문 밖으로 떨어졌어. 어떻게 된 일인지는 나도 몰라. 너무 놀라서… 그냥 그대로 도망치듯 돌아와 버렸어."

마호가 했다고 말할 생각은 없었다. 나도 직접 본 게 아니었으니까. 마호가 한 일인지 아닌지 단언할 수 없었다.

"거짓말… 어떻게 그런 일이 있을 수 있어?"

"아무튼 그러니까 나한테 고맙다고 하지 않아도 돼. 그건 정말 사고였으니까."

사토코는 한참을 아무 말도 하지 않았다. 내 말을 믿을지 안 믿을지는 알 수 없었다. 이런 얘기는 나라도 믿기 힘들 테니까. 하지만 마호가 한 일이라고 말하는 것도 신빙성이 없기는 마찬가지였다.

사토코가 입을 삐죽였다.

"천벌을 받은 걸까?"

"그럴지도."

엘리베이터 문이 열리고 호소오가 나타났다. 사토코는 자리에서 일어나 호소오에게 다가갔다.

호소오가 내 쪽을 힐끗 쳐다보았다. 둘이 팔짱을 끼고 내 앞을 지나가는 순간 호소오의 목소리가 들렸다.

"누구야?"

"옛날에 우리 집 근처에 살던 애. 우연히 만났어."

쓴웃음이 나왔다. 중학교 때 호소오는 딱히 귀엽지도 예쁘지도 않은 여자애 따위는 신경도 쓰지 않았을 것이고 물론 기억도 하지 못할 것이다.

사토코가 좋아하는 상대이니 호소오에게도 좋은 점이 있을지 모른다.

리나코를 생각하면 절대로 용서할 수는 없지만.

어른에 가까워질수록 조금씩 자유로워졌다.

스스로 돈을 벌게 되었고, 장거리 표를 사서 열차나 버스를 타고 멀리까지 갈 수 있게 되었다.

혼자서 좋아하는 영화를 보러 갈 수도 있고, 콘서트나 연극을 보러 갈 수도 있다.

대학생이 된 나는 초등학생 때나 중학생 때에 비해 분명 더 행복했다.

하지만 어릴 때처럼 대책 없이 허황된 꿈을 꿀 수는 없었다.

스스로가 예쁘지 않다는 사실도, 많은 이들에게 사랑받을 일은 없으리라는 사실도 이제는 알고 있었다.

낯선 땅에서 양치기가 되는 일은 없을 것이다. 우주 여행을 가는 일도 없을 것이다. 갑자기 나도 모르던 재능을 발견해서 뛰어난 음악가가 되는 일도 없을 것이다.

나는 가능하면 조용히 살고 싶었다. 누군가를 상처입히는 일도, 누군가에게 상처받는 일도 없이 소수의 친구들과 몇몇 사랑하는 것만을 가슴에 품고.

사토코가 시골의 단독주택에서 개를 키우며 산다면 나는 바닷가 마을로 이주해 거기서 음악을 듣거나 책을 읽으며 살고 싶었다.

그리고 맑은 날에는 혼자서 해변을 하염없이 걷는 것이다.

그것조차 현실과 동떨어진 꿈이라는 사실을 당시의 나는 알지 못했다.

대학에 들어간 후 집에 있는 시간은 점점 줄어들었다.

부모님과도 간간이 짧은 대화를 나눌 뿐이었다. 밥은 아르바이트 하는 곳에서 만들어 먹거나 친구들과 함께 먹는 일이 늘었다. 그즈음 아버지도 회사일로 퇴근이 늦어지면서 가족이 함께 모여 식사하는 건 일주일에 한두 번 정도로 줄었다.

여름이 끝나갈 무렵. 그날은 과제를 하기 위해 평소보다 일찍 집에 돌아왔다.

내 방에 가방을 내려놓고 물을 마시러 부엌으로 향했다. 그때 TV를 보고 있던 엄마가 나를 보며 말했다.

"아까 마호가 전화했더라."

"어?"

엄마 입에서 나온 이름을 듣고 흠칫 놀랐다.

"지금 오사카에 와 있대. 엄마 집에 있으니까 다시 전화하겠다더라."

마호네 할머니는 돌아가셨고 마호네 엄마는 다른 곳으로 이사를 갔다.

"전화번호 안 물어봤어?"

"자기가 다시 전화하겠대."

아직 지금처럼 휴대전화가 보급되지 않았을 때였다. 모두 마음을 졸이며 집 전화가 울리기를 기다렸고, 전화를 오래 하면 가족들에게 핀잔을 들었다. 휴대전화가 나오는 것은 조금 더 지나서이다.

그날 밤 전화가 걸려왔다. 밤 9시. 친구 집에 전화하기에 너무 늦지 않은 시간이다.

나는 낚아채듯 수화기를 집어들었다.

"여보세요!"

"유리?"

"마호?"

두 번 다시 못 만날지도 모른다고 생각했다. 목소리를 들으니 가슴이 울컥했다.

"지금 오사카에 와 있는 거야? 언제 만날래?"

전화가 걸려왔으니 당연히 만날 수 있을 거라고 생각했다.

하지만 수화기 너머에서 마호는 아무 말도 하지 않았다.

"왜 그래?"

"유리, 걔한테 왜 말했어?"

"응? 걔라니…?"

"히노 사토코."

"내가 사토코한테 뭘…."

되물으려다가 퍼뜩 깨달았다.

사토코는 알아챈 것이다. 자기 할아버지를 죽인 사람이 내가 아니라 마호라는 사실을. 계획을 알고 있던 건 나와 내 알리바이를 만들어 주기로 했던 마호밖에 없었으니까. 내가 죽인 게 아니라면 죽인 사람은 마호라는 걸.

"결코 용서하지 않을 거야. 그런 애한테 말하다니…."

"말하지 않았어!"

"그럼 걔가 어떻게 알고 있는데?"

아마도 사토코는 모종의 방법을 통해 마호에게 접근했을 것이다. 그리고 의심이 가는 부분을 확인하고자 했다. 넌지시 떠봤을지도 모른다. 마호는 거기에 제대로 걸려들었을 것이고.

마호는 울먹이며 말했다.

"엄마 말이 맞았어."

"무슨 말이야?"

"저런 애들이랑 놀면 좋을 게 없다고."

별안간 찬물을 뒤집어쓴 기분이었다.

반박하고 싶었지만 몸이 부들부들 떨리기만 하고 목소리가 나오지 않았다.

생각해 보면 내가 사토코에게 말한 거나 다름없었다. 쓸데없는 말을 하지 않았더라면 사토코가 눈치챌 일도 없었을 것이다. 사토코는 머리가 좋았고 그래서 내가 죽인 게 아니라면 마호가 죽였을 거라고 알아차렸다.

사고라든지 천벌 같은 헛소리는 처음부터 믿지 않았을 것이다. 정말로 천벌이라는 게 존재한다면 사토코네 할아버지는 진작에 죽었을 테니까.

"걔가 날 협박하면 어떻게 할 건데?"

"협박당했어?"

"협박당할지도 모르잖아."

그러니까 아직까지는 협박당하지 않았다는 말이었다.

사토코가 그런 짓을 할 리 없다. 그렇게 말하려다가 입을 다물었다. 사토코가 어릴 적 그대로인지 아닌지 나로서는 알 길이 없었다. 사토코는 호소오의 여자친구이기도 했다.

"혹시라도 사토코가 뭐라고 하면 내가 죽였다고 말할게."

"이미 늦었어!"

마호에게는 사토코네 할아버지를 죽일 이유가 없다. 얼마든지 빠져나갈 구멍은 있었다.

그 순간 마호가 생각지도 못한 말을 꺼냈다.

"걔가 내 옷 단추를 가지고 있었어. 방바닥에 떨어져 있는 걸 발견하고 유리 네 것인 줄 알고 가지고 있었대. 그게 증거가 될지도 몰라."

마호가 울먹이며 말을 이었다.

"그 단추가 달린 옷을 입고 찍은 사진도 있어. 우리 집에 있는 건 처분했지만… 수련회 때 찍은 사진이 학교 앨범에도 남아 있을 거야."

그러니까 사토코는 단순한 추측만이 아니라 물적 증거도 가지고 있다는 말이었다.

"절대로 용서하지 않을 거야. 절대로."

내 쪽에서는 그렇게 해 달라고 부탁한 적이 없다. 마호가 멋대로 저지른 일이다.

하지만 그렇게 따지자면 중학교 2학년 때 겨울에 있었던 일도 마찬가지다. 나는 마호를 구하기 위해 하라다라는 남자를 찔렀다. 마호는 내게 그렇게 해 달라고 부탁한 적이 없다.

나 때는 무사히 넘어갔지만 마호는 무사히 넘어가지 못한다면 난 대체 어떻게 해야 하는 걸까.

마호가 낮은 목소리로 말했다.

"만약 걔가 날 협박하면 이번에는 유리 네가 걔를 죽이도록 해."

그 말에서는 조금도 현실감이 느껴지지 않았다.

6

내 이야기를 조금 해 볼까 한다.

소설가가 된 지 20년이 넘었다.

혼자 살면서 늙은 개를 키우고 있다. 친정 엄마가 가까이에 살고 있다. 가끔 엄마한테 개를 맡기고 여행을 떠난다. 지병인 천식을 앓고 있지만 대체로 건강한 편이다.

친구는 많지 않고 그마저도 아주 가끔 얼굴을 보는 정도다. 나한테는 그 정도가 딱 좋다.

이제는 소설가로 지낸 시간이 소설가가 아니었던 시간보다 더 길어졌다. 소설가가 아니었던 시간의 대부분은 아이였다.

일을 하고 집안일을 하고 개를 산책시키고 잠을 잔다. 영화나 연극을 보러 가는 것을 좋아한다.

사람들이 소설가라는 직업에 대해 어떤 이미지를 갖고 있는지는 잘 모르겠다.

소설가 중에는 연예인 친구가 많은 사람도 있다. 매일같이 술을 마시러 다니는 사람도 있다. 화려한 초고층 아파트에 사는 사람도 있고, 서고가 있는 단독주택을 지은 사람도 있고, 믿기지 않을 정도로 좁은 집에 사는 사람도 있다.

결론부터 말하자면 사람마다 다르다는 거다.

나는 역에서 멀리 떨어진 외진 곳에 위치한 평범한 아파트에 살고 있다. 집은 넓은 편이다. 접근성을 포기하고 공간을 손에 넣은 셈이다.

술이 약해서 술집에도 잘 안 가고, 집에 개가 있으니 외출을 하더라도 서둘러 돌아온다. 지하철도 버스도 이른 시간에 막차가 끊겨 버리지만 익숙해지면 딱히 불편하지는 않다.

내 생활은 매우 단조롭다. 매일 소설을 쓰고 일주일에 한두 번 연극이나 영화를 보러 간다.

파란만장하지도 않고 이렇다 할 자극도 없다. 아무리 생각해도 화려한 삶이라고 말하기는 어렵다.

소설가라고 하면 또 어떤 이미지가 떠오를까.

드라마에 등장하는 중년의 여성 소설가는 성격이 괴팍하고 다루기 까다로운 인물로 그려지는 경우가 많은데, 소설가뿐만 아니라 대중을 상대하는 직업을 가진 중년 여성은 대부분 그런 이미지가 강하다.

내 성격이 괴팍한지, 다루기 까다로운 편인지, 스스로는 판단하기 어렵다. 안 그렇기를 바라지만 그렇다고 해서 다루기 쉬운 상대로 보이는 것도 좋은 일은 아니다.

내 경험에 비추어 보면 일상생활을 영위하는 데 있어서는 남들한테 다소 다루기 까다롭다고 여겨지는 편이 낫다. 여자는 특히 더 그렇다.

착한 사람일수록 함부로 대하는 경우를 수도 없이 보아 왔다. 나는 그런 일을 당한 적이 없는 걸 보면 남들이 생각하기에 그리 만만한 상대는 아닌 듯하다.

내 성격에 관해 분명하게 말할 수 있는 건 사람에 대한 애착이 희박하다는 것이다.

친구 관계에서도 연애 관계에서도 상대에게 집착하지 않는다.

이러한 성향은 친구 관계에서는 좋은 쪽으로 작용하는 경우가 많다. 누군가에게 무언가를 요구하거나 강요하는 일이 거의 없고, 친구와 만나는 횟수가 적은 만큼 관계가 악화될 일도 줄어들기 때문이다.

하지만 연애에서는 최악이다.

마음에 드는 상대가 생겨도 한 발 더 다가가기가 쉽지 않고, 고백을 받았을 때 상대에게 어느 정도 호감이 있더라도 썩 마음이 내키지 않는다.

어찌어찌 사귀게 되더라도 관계를 유지하는 것이 쉽지 않다. 온갖 고난과 역경을 헤쳐 나가면서까지 함께 있고 싶다고는 생각하지 않기 때문이다.

마흔 중반이 되니 이제는 그런 기회 자체가 거의 없지만 그렇다고 해서 딱히 외롭다고 느끼지도 않는다.

가끔 나에게는 뭔가 결여되어 있는 것이 아닌가 싶을 때가 있다.

두 번째로 토츠카 유리를 만난 것은 술집에서였다. 그녀의 이야기를 듣던 와중에 내 이야기를 하게 되었다.

토츠카 유리는 고개를 갸웃거리더니 잠시 생각에 잠겼다.

"어떤 느낌인지 알 것 같네요."

예상치 못한 대답이었다. 나와는 성격이 정반대라고 생각했기 때문이다.

히노 사토코에게도, 사카자키 마호에게도, 그냥 친구라고 하기에는 조금 과도하게 집착하는 것 같아 보였다.

그녀는 이렇게 덧붙였다.

"항상 상대를 잃게 되는 경우를 상상하게 되니까 그런 게 아닐까요? 소설가는 상상력이 풍부한 사람들이니까 관계의 끝을 생각하게 되는 게 아닌가 싶은데요."

가슴이 뜨끔했다. 그런 식으로 쉽게 말하지 말라고 반박하고 싶었지만 그건 분명 내 안에 존재하는 무언가를 정확하게 짚어내고 있었다.

확실한 건 아무것도 없다.

지금 눈앞에 있는 것도 언젠가는 사라질지 모른다. 그렇기 때문에 최선을 다해야겠다고 생각하는 경우도 있지만 같은 이유로 이별을 의식하게 되기도 한다.

그리고 그 사람이 내 앞에서 사라지면 내심 안도하는 것이다.

이제 더 이상 그 사람을 잃게 될까 봐 걱정하지 않아도 된다는 사실에.

상실에 대해 생각하지 말라는 것은 내게 숨을 쉬지 말라고 말하는 것이나 마찬가지다.

그녀의 지적이 옳다면 나는 타인에 대한 애착이 희박한 것이 아니라 오히려 남들보다 훨씬 더 집착이 강한 편일지도 모른다.

✳

마호와의 통화를 어떻게 끊었는지는 기억나지 않는다.

심장이 터질 듯 세차게 뛰었다. 전화기 앞에 우두커니 서 있는 내게 엄마가 태평한 목소리로 물었다.

"마호가 뭐라고 하디?"

엄마는 마호가 마음에 드는 것 같았다. 마호는 도회적이고 반듯한 이미지인 데다가 머리도 좋아서 어른들에게 예쁨 받는 타입이었다. 내가 이해하기 어려운 것은 우리 엄마가 자기 마음에 든 상대에 대해서도 우리끼리만 있을 때는 그 사람을 무시하고 헐뜯는 말을 아무렇지도 않게 한다는 것이다. 엄마는 마호네 부모님이 이혼했다는 사실을 자주 입에 올렸다.

자기 생각을 솔직하게 말한 것뿐이라고 하면 할 말이 없지만 그런 말을 들을 때마다 나에 대해서도 누군가 그런 말을 하고 있지 않을까 하는 생각이 들었다.

아마 실제로 그랬을 것이다.

마호네 엄마는 대놓고 나를 싫어했고, 자기 엄마가 나에 대해 뭐라고 했는지 마호가 내게 전해 준 적도 있었다.

하지만 방금 들은 말은 역시 충격이었다.

— **저런 애들이랑 놀면 좋을 게 없다고.**

"그냥… 사토코랑 만났다고."

거실에는 TV가 켜져 있고 목소리를 최대한 낮추어 말했으니 통화 내용은 들리지 않았을 것이다.

아빠는 둔감한 편이니까 아무것도 눈치채지 못했을 것이다.

엄마는 이전과는 다른 내 모습이나 내가 느끼는 스트레스에 대해 어느 정도는 알고 있었던 게 아닐까 싶기도 하다.

사춘기라고 생각해서 넘어간 것인지, 아니면 더 엄청난 사실을 알면서도 아무것도 하지 못한 것인지는 모르겠다.

지금 와서 생각하면 물어볼 걸 그랬다 싶다.

엄마는 이제 이 세상에 없다. 궁금해도 물어볼 길이 없다. 게다가 나도 내 일은 기억하지만 엄마한테 무슨 일이 있었는지는 전혀 모른다. 과거의 어느 시기에 부모님이 어땠는지 그런 건 전혀 기억나지 않는다.

원해서 함께 있는 것이 아니니 가족이란 원래 그런 건지도 모르겠다.

내 방으로 돌아온 후에야 깨달았다.

마호의 연락처를 묻는 걸 깜박했다. 물어봐도 안 알려 줬을지도 모르겠지만.

사토코의 연락처도 모른다. 나는 침대에 쓰러지듯 누웠다.

대학에 들어와 사귄 친구들은 다들 좋은 사람들이다. 나는 그들을 좋아하고, 그들 모두는 아닐지라도 몇몇 가까운 사람들이 나를 좋아해 준다는 사실도 의심하지 않는다.

하지만 나는 마음 한구석에 벽을 쌓고 있었다. 그 벽의 안쪽에 있는 사람은 사토코와 마호뿐이었다.

격동의 중학교 시절을 공유한 두 사람과 이제는 전화 통화도 할 수 없다는 사실이 참을 수 없이 고통스러웠다.

다만 마호가 말한 것처럼 사토코가 마호를 협박하는 일이 생기더라도 나는 사토코를 죽이지 않을 것이다. 그리고 사토코가 마호에게서 무언가를 빼앗으려 하더라도 그 일에 협력하지는 않을 것이다.

전력 질주를 한 것처럼 심장이 빠르게 뛰었다. 나는 스스로를 타이르듯 중얼거렸다.

진정하고 지금 일어난 일들을 받아들이라고.

후회나 한탄은 모든 것이 끝난 후에 해도 늦지 않다. 이런 때일수록 침착해야 하고 동요하지 않아야 한다.

나는 아직 20년도 채 살지 않았지만 그래도 그 정도는 알고 있다. 이미 일어난 일은 어쩔 수 없다.

문제를 직면했을 때는 마음을 가라앉히고 이미 일어난 일을 그대로 받아들인 후 앞으로 어떻게 할지 생각해야 한다.

최선의 선택을 하는 것은 쉽지 않다.

그러니 적어도 최악만은 피하고 싶었다.

마호에게서 다시 전화가 오는 일은 없었다. 내가 마호를 다시 만나게 되는 것은 그 후 10년도 더 지나서이다.

대학을 졸업한 나는 도쿄에 본사를 둔 서점에 정직원으로 입사했다. 당시는 거품 경제가 꺼져가고 있을 무렵이어서 취직이 쉽지 않았다.

나는 운 좋게 합격했지만 취직을 하지 못해 고생하는 친구들이 적지 않았다.

아빠는 내가 선택한 직장에 불만이 있는 것 같았다. "기껏 대학까지 보내놨더니…" 하고 몇 번이고 투덜거렸다.

시대가 변하고 있었다. 부모님 세대가 가졌던 직업이나 수입을 우리 세대는 더 이상 기대할 수 없었다. 얼마 없는 의자를 차지하기 위해 전력을 다해야 했다.

물론 지금 와서 생각하면 우리 세대는 그나마 나은 편이었고 꿈도 있었다. 몇몇은 정직원이 아닌 아르바이트를 택했다.

당시에는 대학을 졸업하고 바로 회사에 들어가지 않더라도 몇 년 정도 아르바이트로 먹고살다가 중도 채용으로 회사에 입사하는 것이 가능했다.

프리터*라는 말이 등장하기 시작한 것도 그 무렵이었다.

대학 시절을 함께 보낸 치아키도 자기는 정장을 입고 면접을 보러 다니거나 매일 아침 만원 지하철을 타고 출근하는 게 맞지 않는다면서 취업 준비를 하는 대신 컴퓨터 학원을 다녔다.

---

* 일본에서 특정한 직업 없이 아르바이트로만 생활하는 청년층을 이르는 신조어

그 후에 탄의 도움을 받아 중국으로 건너가서 베이징에 있는 어학원에 다니게 되었다.

치아키처럼 다른 사람에게 스스럼없이 다가가고 남들과 금방 친해지는 사람은 어디서든 자기 자리를 잘 찾는다.

베이징에서 일하며 거기서 만난 중국인과 결혼해 지금은 두 아이의 엄마로 잘 살고 있다.

쿄코는 대학 때부터 사귀던 남자친구와 결혼해 전업주부가 되었다. 본가로 돌아간 와카나와는 연락이 끊겼다.

그토록 즐거운 시간을 함께한 대학 친구들과도 졸업 후에는 만날 일이 없어졌다. 그런데도 언젠가 다시 만난다면 예전처럼 웃고 떠들며 이야기할 수 있을 거라는 확신이 드는 것은 어째서 일까.

사토코, 마호와 폭풍처럼 휘몰아치는 시간을 공유한 것처럼 대학 친구들과는 자유분방한 젊음을 공유한 것인지도 모른다. 그건 직장에서 만난 동료와는 결코 공유할 수 없는 것이다.

설령 두 번 다시 만나지 못한다 하더라도 그때 그 시간에 만났다는 사실에 가치가 있다. 그런 친구도 있는 것이다.

서점 일을 선택한 것은 책을 좋아해서이기도 하지만 전근이 잦다는 이야기를 들었기 때문이었다.

아빠는 내가 도쿄에 있는 회사에 취직하고 싶다고 하자 불같이 화를 냈다.

"결혼도 안 한 여자애가 자취를 한다는 건 절대로 허락할 수 없다."

그 말을 들었을 때 부당하다는 생각보다는 웃기다는 생각이 먼저 들었다.

이 사람은 대체 나의 무엇을 보고 무엇을 관리하고 있다고 생각하는 걸까. 당신 딸은 이미 사람 한 명을 죽였어요. 그리고 한 명 더 죽이려고 했다고요.

누가 그렇게 알려준다면 아빠는 어떤 표정을 지을까.

결혼을 할지 안 할지는 알 수 없다. 결혼을 하지 않으면 나는 평생 이 집에서 살게 되는 걸까. 분명 어느 정도 나이가 차면 아빠는 내가 집에 있는 걸 부끄럽다고 여길 것이다.

나는 아빠 말에 반박하지 않고 그저 신속히 행동을 개시했다.

집을 나오는 것. 답답하고 숨이 막히는 이 단지에서 벗어나는 것. 사토코도 마호도 없는 단지에는 아무 미련도 없었다.

이상했다. 어릴 적에는 단지가 끝없이 넓게 느껴졌고, 어디까지고 이어져 있는 것만 같았다. 단지 안에는 모든 게 다 있었다. 지금은 그렇지 않다.

단순히 내가 느끼기에 그렇다는 이야기가 아니다.

단지 안에 있던 식료품점은 내가 고등학생 때 폐업했다. 단지 밖에 대형 마트가 생겨서 식료품점이 사라져도 전혀 불편하지 않았다.

마호와 처음 만난 서점도 몇 년 전에 문을 닫았다. 나는 석 달이나 그 사실을 눈치채지 못했다. 매일 집에 늦게 들어오고,

책은 주로 학교나 역 앞에 있는 서점에서 구입했기 때문이다.

쓸쓸하다거나 안타깝다는 생각은 들지 않았다. 내가 돌보지 않고 내버려 둔 것을 다른 사람들도 똑같이 내버렸을 뿐이니까.

사라진 것을 아쉬워할 권리가 있는 건 내버리지 않은 사람뿐이다.

주민들에게도 변화가 있었다. 아이들로 가득하던 단지에서 조금씩 아이가 줄어갔다. 이사를 나간 것이 아니라 기존에 있던 아이들은 어른이 되었고, 새로 아이들이 생겨나지 않은 것이다.

어릴 때 상냥한 아줌마라고 생각했던 옆집 에구치 씨는 밤늦게 아르바이트를 마치고 귀가하는 나를 볼 때마다 "남자친구 생겼니? 노는 것도 적당히 해야지" 하고 한마디씩 했다. 입가는 웃고 있지만 눈은 웃고 있지 않았다.

그 아줌마가 나에 대해 무슨 말도 안 되는 상상을 하고 있는지는 묻지 않아도 대충 알 것 같았다.

어른들은 믿을 수 없다. 자기 마음이 내킬 때만 아이를 관리하려 들지 정말로 아이를 도우려는 사람은 거의 없다.

사토코는 왜 아무에게도 도움을 요청하지 못했는가. 마호는 왜 단지 안에서 납치당할 뻔했는가.

이 질문에 대답할 수 있는 사람만이 어른 행세를 하면 된다.

나는 여기에서 나갈 것이다. 아무도 나를 막을 수 없다.

우리 아빠 같은 사람은 딸이 도쿄에서 취직하는 건 반대하더라도 취직한 회사가 다른 지방으로 전근 명령을 내리면 거기에는 반대하지 않는다.

처음 3년은 집에서 출퇴근이 가능한 매장에서 일했다. 4년째 되던 해에 후쿠오카에 있는 매장으로 전근을 가게 되었다.

4월부터 새 매장으로 출근해야 하는데 통지를 받은 것이 3월 중순이었다.

친구들에게 작별 인사를 할 시간도, 정든 장소와의 이별을 아쉬워할 시간도 없이 나는 서둘러 오사카를 떠났다.

마호나 사토코에게서 전화가 오면 어쩌나 싶었지만 우리 부모님은 계속 단지에 살고 계시니 두 사람이 내게 연락을 취하고자 하는 마음만 있다면 얼마든지 가능할 터였다.

한 번도 가 본 적 없는 지역에서 혼자 생활하는 것은 처음이었지만 후쿠오카라는 도시 자체는 마음에 들었다.

번화가에 위치한 매장에서 도보 10분 거리에 방을 구할 수 있었던 것도 컸다. 출퇴근 때문에 고생할 일도 없었고, 쉬는 날에는 산책 삼아 거리를 걷다가 영화를 보러 가는 것이 가능했다. 극장이 있어서 연극도 볼 수 있었다.

오사카 변두리에 사는 것보다 후쿠오카 중심부에 사는 것이 더 도시적인 삶에 가깝다는 느낌이 들었다.

후쿠오카에서는 4년을 살았다. 그러고 나서 오사카 남쪽 간사이국제공항 근처에 있는 매장으로 옮겨갔다. 본가에서 출퇴근하려면 2시간 넘게 걸리기 때문에 여기서도 방을 구해서 자취를 했다.

이사 간 동네는 후쿠오카보다 더 시골이었지만 오사카의 베드타운이다 보니 집세는 훨씬 비쌌다. 후쿠오카로 돌아가고 싶을 지경이었다.

하지만 여기에서라면 대학 친구들도 만날 수 있고, 휴일에 오사카 시내로 놀러 나갈 수도 있다. 바다가 가까워서 언제든지 자전거를 타고 바다를 보러 갈 수 있다는 점과 비행기를 가까이에서 볼 수 있다는 점도 마음에 들었다.

이곳에서 나는 처음으로 연애를 했다. 상대는 같은 건물에서 일하는 세 살 연상의 경비원이었다.

처음에는 가벼운 인사라든지 날씨 얘기를 하는 정도였다. 어느 정도 친해진 후부터는 만날 때마다 그가 내게 농담을 건넸고, 나는 배를 잡고 웃었다.

잘생긴 편은 아니지만 키가 크고 온화한 인상이었다. 언제부터인가 그가 내게 말을 거는 것이 기다려졌다.

그러던 어느 날, 그가 영화를 보러 가자고 했다. 영화를 보고 나와서 식사를 했다. 그 후로 쉬는 날이 겹치면 종종 만나서 밥을 먹었다.

몇 번인가 데이트를 한 후에 한밤중의 활주로가 내려다보이는 전망대에서 고백을 받았다.

"나랑 사귀어 줄래?"

"이미 사귀고 있는 거 아니었어?"라고 대답하자 그는 내게 키스했다.

살짝 술에 취한 상태로 구름 위를 걷는 듯한 기분이었다.

나는 알고 있었다. 술에서 깨듯 이 사랑에서도 머지않아 깨리라는 것을.

사랑에서 깬 후에도 이 사람과 함께 있고 싶다는 감정이 남아 있으면 좋을 텐데. 당시 나는 스물아홉이었고, 서른을 목전에 두고 있었다. 20대에 처음으로 연애를 할 정도이니 앞으로 그렇게 기회가 많을 것 같지는 않았다.

힘들게 발견한 만큼 소중히 하고 싶었다.

마음에 걸리는 부분이 없지는 않았다. 사귀고 얼마 지나지 않아 내게 반말을 하기 시작한 것, 내 다리가 굵고 엉덩이가 크다고 놀리는 것, 자기가 더 나이가 많으면서 나를 보고 더 이상 젊지 않다고 말하는 것.

하지만 그는 자신의 감정을 솔직하게 표현하는 사람이었고, 나는 그 점이 좋았다. 몇 번이고 나를 좋아한다고 말해 주었다. 먹고 싶은 것, 가고 싶은 곳이 있으면 분명하게 말했다. 우리 아빠는 기분이 좋지 않을 때면 언짢다는 기색을 노골적으로 드러내며 분위기로 가족들을 컨트롤하려고 하는 부분이 있었기 때문에 나는 그의 그런 명쾌함을 사랑했다.

그 감정은 지금도 변함이 없다. 그는 결코 나쁜 사람이 아니었고, 그러니 그를 원망하지도 않는다.

사랑에서 생각보다 금방 깨 버렸고, 깨고 난 후에는 더 이상 함께 있고 싶다고 느끼지 않았을 뿐이다.

지금도 선명하게 기억나는 장면이 있다.

TV에서 무슬림이 어떤 음식을 먹고 무엇을 기피하는지에 관한 이야기가 나왔다. 향후 무슬림 관광객이 늘어날 경우 어떻게 대응해야 할 것인가 하는 내용이었다.

그는 TV를 보며 중얼거렸다.

"이슬람교도가 일본까지 올 일은 거의 없지 않나?"

"많지는 않을지도 모르지만 앞으로 늘어날 가능성은 있지."

내가 알기로는 고베에도 모스크가 있었다. 일본에 살고 있는 무슬림도 있다.

"하지만 이슬람 국가는 일본에서 멀리 떨어져 있잖아."

"그렇지 않아. 중국에도 이슬람교도가 있는걸."

내가 말하자 그는 어리둥절한 표정을 짓더니 갑자기 폭소를 터뜨렸다.

"너 바보야? 중국이 이슬람 국가일 리가 없잖아. 중국은, 어… 그러니까… 불교라고. 손오공을 데리고 다니는 삼장법사는 스님이잖아."

그런 말이 아니다. 중국에도 이슬람교도가 산다. 그렇게 설명하려고 했지만 웃겨 죽겠다며 데굴데굴 구르는 그를 보고 있으려니 만사가 귀찮아졌다.

이 사람은 자기가 알고 있는 것과 내가 알고 있는 것이 다르면 무조건 내가 틀렸다고 단정 짓는다. 그가 전문가이고 내가 제대로 알지 못하는 분야라면 그럴 수도 있겠지만 자기가 잘 모르는 분야에 대해서도 마찬가지다.

그 일이 있고 얼마 지나지 않아 그의 친구들과 함께 식사를 하게 되었다. 그 자리에서 그는 웃으며 이렇게 말했다.

"아니 글쎄 얼마 전에 유리가 말이야, 중국이 이슬람 국가라
잖아."

모두가 웃었다.

그게 아니다. 나는 중국에도 이슬람교도가 있다고 말했을 뿐
이다. 하지만 그 말은 내가 바보임을 증명하는 도구가 되었고,
모두가 그것을 재미있어했다.

그의 친구가 웃으며 내게 물었다.

"그럼 미국은 무슨 교인데?"

나도 웃으며 대답했다.

"유대교?"

또 한바탕 웃음이 쏟아졌다. 비꼬는 거라는 사실을 눈치챈
사람은 아무도 없었고, 모두 나의 무지를 즐거워했다.

바보처럼 굴면 사랑받는다. 바보는 모두에게 사랑받기 때문
에 살기가 편하다.

하지만 그 대신 사람 대접을 받지 못한다.

여기서 중국에도 여러 군데 모스크가 있고, 2천만 명이 넘는
이슬람교도가 살고 있다는 사실을 제대로 설명하면 내가 무지
하지 않다는 건 증명할 수 있다. 다만 그와 동시에 분위기 파악
못 하는 재미없는 여자가 될 뿐이다.

그리고 그렇게 귀염성 없이 구는 건 더 이상 젊지 않기 때문
이라고 뒤에서 비웃겠지.

둘 다 귀찮기는 마찬가지이니 말없이 넘어가는 게 더 낫다.

그렇게 생각하는 나 자신 역시 나는 좋아할 수가 없었다.

3년 후 또다시 전근 명령이 내려왔다. 이번에는 도쿄였다.

그에게 말하자 당연하다는 듯 이렇게 대꾸했다.

"일 그만둘 거지? 도쿄는 너무 멀잖아."

잠시 생각해 보았다. 일을 그만두고 오사카에 남아 이 사람과 결혼하면 어떨까 하고. 그건 위험한 도박처럼 느껴졌다.

적어도 직장에서의 나는 높은 평가를 받고 있었다. 도쿄에 있는 본점으로 발령이 나는 것은 회사에서 인정받은 직원과 신입뿐이었다.

나는 그에게 물어보았다.

"나랑 결혼할 생각은 있어?"

심술궂은 질문이었다. 나는 그와 결혼할 생각이 없었으니까. 그냥 그가 나와의 관계를 얼마나 진지하게 생각하고 있는지 알고 싶었다.

그는 뜨악한 표정을 지었다.

"아니, 그건 내가 직장에서 자리도 좀 잡고 월급도 더 오른 다음에…. 그런 걸 여자 쪽에서 먼저 말하면 어떡해."

나는 웃었다.

"그러게. 미안."

나쁜 사람은 아니다. 하지만 나는 일을 포기하면서까지 그와 함께 있고 싶다고 생각하지는 않았다.

지금 하는 일을 너무 좋아해서 그런 건 아니다. 책에 둘러싸여 일하는 것은 좋지만 하루종일 서서 일하는 데다가 힘쓰는 일도 많아서 요통이 심해졌다. 급여도 그리 좋은 편은 아니다. 하지만 내가 스스로 살아갈 수 있는 수단을 포기하고 싶지 않았다.

지금 일을 그만두고 오사카에서 새 직장을 구해 다시 처음부터 실적을 쌓아나가는 것보다 현 직장에 계속 있는 편이 훨씬 나았다.

나는 전근 준비를 차근차근 진행해 나갔고, 그다음 토요일에 그를 만나 도쿄에 가기로 했다고 말했다.

그는 많이 놀란 듯했다. 내가 이런 결정을 내릴 거라고는 상상도 하지 못한 것 같았다.

"장거리 연애를 하자고…?"

"하지만 우리 둘이 쉬는 날도 다를 테고 자주 만나기는 힘들 거야. 본가가 여기니까 가끔은 돌아오겠지만…."

나는 이미 그와의 연애를 거의 포기한 상태였다.

그가 침을 꿀꺽 삼켰다.

"만약 내가 결혼하자고 하면 일을 그만두고 여기 남아 줄 거야?"

나는 희미하게 웃었다.

비열한 것도 아니고 치사한 것도 아니다. 내가 조금만 더 양보하면 이 사람과 함께할 수 있을지도 모른다.

이 말을 지난주에 해 줬으면 좋았을 텐데. 그럼 다시 한번 고민해 봤을지도 모른다. 하지만 이미 다 결정한 후에 말한다 한들 아무 소용없는 일이다.

"미안. 그런 거 아니야."

그는 얼굴을 구기더니 한참을 울었다.

헤어지기로 했지만 이런 솔직함은 역시 그의 장점이라는 생각이 들었다.

도쿄에 사는 것은 쉬운 일이 아니다.

도쿄는 늦게까지 사람들로 붐비는 도시이기 때문에 폐점 시간도 자연스럽게 늦어진다. 게다가 지금까지처럼 매장 근처에 방을 구하는 건 불가능했다. 직장에서 주거비 보조가 나오기는 했지만 도쿄의 높은 월세를 생각하면 새 발의 피였다.

나는 지금까지와는 비교할 수 없을 정도로 작은 방을 구했다.

가지고 있던 책도 일부만 남기고 나머지는 버렸고, 좋아하는 3인용 소파도 작은 테이블도 의자도 다 버렸다.

이제는 내 방에 누가 찾아올 일도 없을 것이다.

작은 원룸에 침대와 작은 책장 하나만 남았다.

주변은 온통 빌딩뿐이고 공원은 찾아볼 수 없었다. 바다까지는 멀리 떨어져 있었고, 힘들여 간다 한들 도쿄의 바다는 깨끗하지도 아름답지도 않을 것이다.

그런데 이상하게도 나는 그 방이 마음에 들었다.

작은 모래 알갱이가 된 것 같은 기분이었다. 혼자라는 고독과 해방감, 그리고 내가 여기서 죽더라도 아무도 나를 신경 쓰지 않을 거라는 외로움. 그런 것들이 모두 다 내게 잘 어울리는 것 같았다.

　도시는 늘 화려했다. 모두가 즐거워 보였다. 친구가 없는 나는
외출도 거의 하지 않았지만 그래도 출퇴근길에 느끼는 도시는
즐거웠다.

　고급 마트에 가 보면 듣도 보도 못한 값비싼 식재료가 넘쳐났
다. 거기서 원하는 물건을 다 사는 건 불가능했지만 가끔 처음
보는 과자나 이국의 식재료를 사는 것은 가능했고 그 정도로
도 충분히 기분전환이 되었다.

　무엇보다 도쿄의 밤이 좋았다.

　화려한 불빛으로 가득하고, 24시간 영업하는 카페나 노래방
이 넘쳐나고, 그리고 무엇보다 모두가 남에게 무관심했다.

　나는 도쿄의 밤거리에 흘러든 한 톨의 모래 알갱이가 된다.
아무도 나를 건져 올리려고 하지 않고, 아는 사람과 만날 일도
없다.

　밤늦게까지 하는 카페나 바에서 책을 읽고 심야 영화를 보았
다. 도쿄에 오고자 하는 사람, 도쿄에 머물고자 하는 사람이 많
은 이유를 알 것 같았다.

　어쩌면 나에게는 여러 지역을 전전하는 생활이 잘 맞는지도
모른다. 어디를 가든 그곳에서 소소한 즐거움을 발견할 수 있었
다.

　직장에서 안 맞는 사람이 있어도 몇 년만 버티면 된다고 생
각하면 참을 수 있었다.

　아마도 그건 무언가를 포기하는 것과 비슷할지도 모르겠지

만.

그렇게 2년을 지냈다.

연애도 안 했고 친구도 만들지 않았다. 그저 자유로웠다.

그것만으로도 스스로가 불행하지 않다고 믿을 수 있었다.

11월의 그날은 오전 근무였다.

근무를 마치고 탈의실로 돌아와 앞치마를 벗고 사물함에서 가방을 꺼내 핸드폰을 확인했다.

습관적인 행동이었다. 직장 밖에서 친구를 만들지 않으니 핸드폰으로 연락이 오는 일은 거의 없었다.

하지만 가끔 출판사 영업 사원이 보내오는 문자라든지 서점 직원 모임 안내 같은 것이 날아오기도 했고, 때로는 다른 점포에서 일하는 동료가 정보를 공유해 주기도 했다.

친구를 만들지 않아도 일을 하다 보면 자연스럽게 사람들과의 연결고리가 생겼다.

그날은 엄마에게서 문자가 와 있었다.

【마호한테 전화가 와서 너 지금 도쿄에 있다고 하니까 놀라더라. 네 핸드폰 번호 알려줬다.】

가슴이 덜컹했다. 한차례 깊게 심호흡을 한 뒤 답장을 보냈다.

【알았어. 고마워.】

【도쿄에 있다는 거 마호한테 말 안 했었니?】

이어지는 질문에는 대답하지 않았다. 평소에는 가방에 넣는

176

핸드폰을 코트 주머니에 넣고 집으로 향했다.

원래는 일이 끝나고 영화를 보러 갈 생각이었지만 그냥 집으로 바로 가기로 했다. 지하철을 타고 가면서도 온 신경이 핸드폰에 쏠려 있었다.

마호는 왜 전화를 한 걸까. 좋은 일일까. 나쁜 일일까.

설마 이제 와서 사토코가 마호를 협박했을 것 같지는 않았다. 아무리 단추가 증거가 된다고는 해도 그 단추가 방바닥에 떨어져 있었다는 사토코의 증언이 어디까지 받아들여질지는 알 수 없었다.

지금까지 가만히 있다가 이제 와서 경찰에 말한다 한들 상대해 주지 않을 가능성이 높았다. 말을 할 거라면 진작에 했어야 한다.

오랜만이야, 잘 지냈어? 조만간 얼굴 한번 보자. 이런 이야기라면 얼마나 좋을까. 만약 그렇다면 나는 지금이 행복하다고 생각할 수 있었다.

친구가 없어도, 남자친구와 헤어졌어도, 새로운 연애가 시작될 기미조차 없어도.

집에 도착했을 때, 전화벨이 울렸다. 나는 서둘러 통화 버튼을 누르고 핸드폰을 귀에 가져갔다.

"여보세요?"

"유리?"

그리운 마호의 목소리였다. 목소리는 예전 그대로였다.

"응, 나야. 잘 지냈어?"

"뭐 그럭저럭. 너희 집에 전화하니까 너 지금 도쿄에서 일한 다던데."

"응, 맞아. 2년 전에 이쪽으로 발령받아서 이사 왔어."

"혼자야? 결혼은?"

"안 했어. 혼자야. 마호 넌?"

마호는 잠시 뜸을 들였다.

"나는 결혼했어. 딸이 하나 있어."

"그랬구나. 엄마가 된 거네."

어째서인지 홀로 남겨진 듯한 기분이 들었다. 나도 마호도 서른넷이었다. 열여섯 살 때 본 것이 마지막이니 마호가 그 후 어떻게 살아왔는지는 알 길이 없었다.

그런데도 사토코와 마호는 항상 내 곁에 있는 것 같았다.

나는 열아홉 살 때의 사토코를 알고 있지만, 내 기억 속 사토코는 중학교 교복을 입고 있었다.

지금 핸드폰 너머에 있는 마호는 열여섯 살 이후 내가 알지 못하는 길을 걸어왔을 것이다. 마호가 나에 대해 알지 못하는 것처럼.

마호가 말했다.

"있잖아, 한번 보지 않을래? 쉬는 날이 언제야?"

"어? 이번 주? 이번 주는 목요일에 쉬는데."

"평일이네."

"판매직이니까."

마호는 대답하지 않았다. 한동안 침묵이 이어졌다.

"왜 그러는데?"

"역시 용건을 먼저 말할게. 그걸 듣고 만날지 말지는 유리 네가 정해. 그게 공평하니까."

마호가 무슨 말을 하려는 건지 알 수가 없어서 당혹스러웠다.

"지금 내가 좀 곤란한 상황이거든. 그러니까… 남편이 나한테 폭력을 휘둘러. 지금은 폭력은 좀 잠잠해졌는데 내 핸드폰도 체크하고 행동도 감시당하고 있어."

나도 모르게 숨을 들이마셨다.

"가정 폭력을 당하고 있다는 거야?"

"맞아."

"그런 사람들을 보호해 주는 시설이 있다던데…."

"예전에 한번 거기로 도망친 적이 있는데 다시 잡혀 왔어. 겉보기에는 멀쩡해 보이니까 직원들도 그 사람이 하는 말에 다 속더라."

"부모님께 도와 달라고 하면 안 돼?"

"그건 불가능해. 아빠는 새엄마의 꼭두각시가 되었고, 새엄마는 나를 싫어하거든. 엄마랑은 연락 안 한 지 오래고 이런 일로 도움을 줄 수 있는 사람도 아니니까."

"내가 해 줄 수 있는 일이 있다면…."

말은 그렇게 했지만 사실 내게는 이런 일에 관한 지식이나 경험이 전무했다. 책이나 인터넷을 뒤져서 보호 시설을 찾아본다든지 몸을 숨기는 데 필요한 돈을 빌려주는 건 가능하겠지만 그 외에 어떤 게 가능할까.

마호가 목소리를 낮췄다.

"있잖아, 유리."

"응?"

"만약 내가 남편을 죽여 달라고 하면 어떻게 할 거야?"

목요일, 약속 시간인 1시 정각에 우리 집 인터폰이 울렸다.

화면으로 마호의 얼굴을 확인하고 공동현관 열림 버튼을 눌렀다. 현관 잠금장치를 풀고 기다렸다.

마호가 현관문을 열고 들어왔다. 세 살 정도 되어 보이는 여자아이의 손을 잡고 있었다.

"안 헤맸어?"

"응, 조금 헤매긴 했지만 생각보다 역에서 가깝더라."

"가까운 대신 집이 좁아."

야근을 하고 막차를 타고 돌아올 때도 있기 때문에 역에서 많이 멀지 않고 길이 어둡지 않아야 한다는 것이 집을 구할 때 가장 중요하게 고려한 조건이었다.

마호는 여전히 예뻤다. 호리호리한 몸매와 기다란 목은 변함이 없었다. 20대라고 해도 믿을 것 같았다. 긴 머리를 끈으로 대충 묶은 모습이 잘 어울렸다.

다만 보풀투성이인 코트와 스웨터를 입고 있는 것은 멋 부리기를 좋아하던 마호답지 않았다. 생활이 그다지 여유롭지 못한 건가 싶기도 했다.

나는 허리를 숙여 여자아이의 얼굴을 들여다보았다.

"이름이 뭐야?"

아이는 부끄러운 듯 마호 뒤로 숨었다.

"요리코. 다음 달에 세 살이 돼."

마호와는 별로 닮지 않은 것 같았다.

"아이까지 데려왔다가 나중에 들키면 어쩌려고."

"달리 맡길 데가 없으니까. 괜찮아. 아직 세 살밖에 안 돼서 여기 온 것도 금방 잊어버릴 거야."

마호는 경찰에서 우리 둘의 관계를 알아낼 가능성은 희박하다고 말했다.

"너랑 나는 안 만난 지 한참 됐고, 전화도 공중전화로 걸었으니까 유리 네가 의심받을 일은 없을 거야."

마호는 나를 물끄러미 쳐다보았다.

"기억나? 유리가 나를 구해 줬잖아. 중학교 2학년 때. 그때 일이 계속 떠올라. 나 너한테 제대로 고맙다는 말도 하지 못한 것 같아. 오히려 심한 말을 하고 절교했지. 계속 사과하고 싶었어."

만약 이때 마호가 과거 사토코네 할아버지를 죽인 일을 빌미삼아 내게 자기 남편을 죽여 달라고 부탁했다면 주저했을지도 모른다.

하지만 마호는 그렇게 말하지 않았다.

가슴이 뜨거워졌다. 지금까지의 시간과 거리가 한순간에 사라져 버리는 것만 같았다. 줄곧 듣고 싶었던 말이었다.

"아마 나는 사토코를 질투했던 것 같아. 유리 네가 그런 행동에 나선 건 사토코에 대한 죄책감 때문이라는 걸 알았으니까.

너는 나를, 나만을 구해 준 거라고 생각했는데."

마호는 자기 무릎에 앉은 요리코를 꼭 끌어안았다.

"하지만 그때 유리 네가 나를 구해 주지 않았더라면 나는 죽었을지도 몰라."

죽지는 않았을지도 모르지만 성폭행은 피해자의 인생을 송두리째 뒤집어 놓는 대사건이다.

나는 그 사건의 직접적인 피해자가 아니었지만 나조차도 그일을 계기로 세상이 전혀 안전하지 않다는 사실을 깨닫게 되었다.

이사를 할 때마다 안전한 환경을 최우선으로 고려하고, 방이 아무리 좁더라도 월세가 아무리 비싸더라도 공동현관 오토록 시스템이 갖추어져 있는 건물의 고층을 선호하게 되었다.

가슴 속에서 주체할 수 없는 분노가 끓어올랐다.

마호는 또다시 영혼을 살해당하려 하고 있었다. 지금 이 순간에도 적지 않은 여성들이 가정 폭력으로 죽어가고 있다.

마호는 주머니에서 열쇠를 꺼내 내 앞에 내려놓았다.

"우리 집 열쇠야. 복사한 게 아니라 처음 입주할 때 여분으로 받았던 거니까 이걸로 범인을 추적하는 건 불가능해."

나는 긴 한숨을 내쉬었다.

"하지만 나는 힘이 약하니까 성인 남자를 죽이는 건 쉽지 않을 거야."

"남편은 술을 좋아하니까 집에 있는 소주에 수면유도제를 넣어 둘게. 유리 넌 이 열쇠로 현관문을 열고 들어와서 곯아떨어진 남편을 칼로 찌르든지 목을 조르든지 해서 죽인 다음 문을 열어둔 채 돌아가기만 하면 돼. 물론 열쇠는 우리 집에 놔두고. 그날 나는 요리코를 데리고 친정에 갈 거야. 이웃들한테도 미리 알리고 얼굴도장을 찍어 놓을 생각이야."

만난 적도 없고 아무 원한도 없는 사람을 죽인다. 그런 일이 가능할까.

그런 생각을 하다가 문득 깨달았다. 나는 마호를 구하기 위해 하라다를 죽였다. 그 남자에 대해서는 전혀 몰랐고 지금도 잘 모른다.

마호는 나를 위해 사토코네 할아버지를 죽였다. 사토코네 할아버지한테 아무 원한도 없으면서.

방 안에 무거운 침묵이 내려앉았다.

마호가 내게 간청하듯 말했다.

"그 자식만 사라지면 나는 더 이상 도망치며 살지 않아도 돼. 도망쳐 지내는 상태에서는 제대로 된 일을 구할 수도 없어. 언제 들킬지 몰라 계속 두려움에 떨어야 하지. 그런 건 이제 더는 못 견디겠어."

그 남자만 아니면 더 이상 도망칠 필요 없이 지금 있는 곳에서 새 출발 할 수 있는 것이다.

마호가 남편을 죽이는 건 불가능했다. 마호가 감옥에 들어가면 요리코는 홀로 남겨질 테니까.

나는 입을 열었다. 그리고 물었다.

"결행일은 언제야?"

"언제든. 유리 네가 가능할 때. 남편은 지금 일을 안 해서 항상 집에 있어."

남편이 집을 비우거나 예상 외의 일이 일어났을 경우에만 마호가 공중전화에서 내 핸드폰으로 연락을 주기로 했다.

"당일에 나한테 갑자기 일이 생기면?"

"그건 상관없어. 그냥 친정 갔다가 돌아오면 되니까."

알리바이를 만들기 위한 것뿐이니 그날 갑자기 실행에 옮기지 못하게 되더라도 따로 연락할 필요는 없다고 했다.

"누구랑 마주쳤다든지 하는 경우에도 일단 그냥 돌아가. 나중에 내가 다시 연락할 테니까."

"알았어."

마호는 내게 주소와 약도가 그려진 종이를 건넸다.

내가 옳은 결정을 내린 것인지는 알 수 없다. 이건 아마도 잘못된 결정일 것이다. 하지만 마호를 구하는 일조차 하지 못한다면 스스로가 아무런 가치도 없는 존재가 되어 버리는 것 같았다.

"만약 성공하면 내 쪽에서는 절대로 연락하지 않을 거야. 유리 너도 연락하지 마."

"알았어."

친구를 돕는 동시에 친구를 잃는다.

그러고 보니 사토코와도 비슷한 이야기를 나눴었다. 꽤나 오래전 일이다. 하지만 잘만 빠져나간다면 긴 시간이 흐른 후에 다시 만날 수 있을 것이다.

나는 탁자에 손을 올리고 마호의 얼굴을 쳐다보았다.

"일이 성공하고 몇 년이 지나도 내가 의심받지 않으면 그때 다시 만나자."

마호는 웃으며 고개를 끄덕였다.

"셋이서 어디 여행이라도 가면 좋겠다."

요리코도 포함해서라는 말이겠지.

"유리 넌 어디 가고 싶어?"

당장은 생각나는 곳이 없었다. 나는 잠시 생각에 잠겼다.

"산책하면서 수다 떨고 싶어. 서로가 지금까지 살아온 나날들에 대해."

마호는 천장을 올려다보며 웃었다.

"좋네. 나도 잔뜩 수다 떨고 싶다."

마호와 약속한 날, 나는 오후 근무였다. 가게 문을 내리고 야간 금고에 그날 매상을 넣고 사무실 문을 잠근 후 퇴근했다.

마호네 집까지 가는 지하철을 탈 때는 일부러 카드를 찍지 않고 종이표를 샀다.

가방에는 지문을 남기지 않기 위한 장갑과 피가 튀었을 경우에 대비한 여벌 옷이 들어 있었다. 흉기는 마호네 집 부엌에 있는 칼을 사용할 계획이었다.

잘만 하면 막차를 타고 돌아갈 수 있을 것이고, 막차를 놓치면 도보로 이동 가능한 곳까지 이동한 다음 비즈니스호텔이나 노래방에서 첫차를 기다려도 상관없었다.

오후 근무보다는 오전 근무인 날이 좋았지만 우리 매장에서는 쉬는 날 전날은 보통 오후 근무였다. 그리고 다음 날은 비워두고 싶었다. 다음 날 아무렇지 않게 출근해서 일할 자신도 없었고, 만에 하나 범행에 실패해서 상처를 입을 가능성도 있었기 때문이다.

지하철을 갈아타고 낯선 역에서 내렸다.

지도를 손에 들고 걸어가는데 갑자기 뭐라 설명하기 어려운 두려움이 몰려들었다. 만약 마호가 거짓말을 한 거라면?

지금부터 내가 죽이려고 하는 남자가 평생 폭력과는 거리가 먼 삶을 살아온 사람이고, 그저 마호가 보험금을 타낼 목적으로 살인을 계획한 거라면?

하지만 마호가 내게 거짓말을 할 이유가 있을까? 나는 마호가 사람을 죽였다는 사실을 알고 있는 소수의 사람 중 한 명이다. 그건 마호와 나와 사토코, 이 셋밖에 모르는 사실이다.

나는 스스로에게 타이르듯 말했다. 마호는 거짓말을 하는 게 아니다.

거짓말이어도 상관없었다. 만약 내가 사토코네 할아버지를 죽이고 그 사실이 발각되었다면 고등학교를 졸업한 후 지금까지의 평온한 삶은 존재하지 않았을 것이다.

역을 나와 20분 정도 걸었을 무렵, 드디어 내가 찾던 건물을 발견했다. 목조로 된 낡은 2층짜리 연립주택이었다.

나는 소리가 나지 않도록 조심해서 계단을 올라가 현관문에 적힌 호수를 확인한 다음 장갑을 끼고 열쇠를 꽂았다. 찰칵 소리가 나며 손잡이가 돌아갔다.

삐걱거리는 문을 천천히 잡아당겼다. 거실 등과 TV가 켜져 있었다. 방 한가운데 놓인 탁자에 남자가 엎드려 자고 있었다. 덩치가 크고 뚱뚱한 남자였다. 탁자 위에는 소주병과 술잔이 놓여 있었다. 커튼은 닫혀 있었다.

부엌에 가서 식칼을 찾았다. 싱크대에 놓인 커다란 식칼이 눈에 들어왔다. 이걸 사용하라는 걸까.

나는 칼을 들고 남자에게 다가갔다. 얼굴을 확인할 용기는 나지 않았다.

남자의 목에 살며시 손을 가져다 댔다. 두근거리는 맥박이 느껴졌다. 머릿속을 비우고 단숨에 식칼을 찔러 넣었다. 고장 난 배수관처럼 이상한 소리가 나더니 목과 입에서 피가 솟구쳤다.

아마도 날이 밝기 전에 출혈 과다로 죽을 것이다. 나는 경련을 일으키는 남자를 그 자리에 내버려 둔 채 소주병과 잔에 든 술을 싱크대에 버리고 물을 틀어 흘려보냈다.

열쇠에 묻은 지문을 닦아서 남자의 손으로 한번 쥐게 한 다음 서랍장 위에 올려 두었다.

창문 열쇠도 열어두었다. 강도의 소행으로 보이게 하려면 지갑이라도 가지고 가는 편이 낫겠지만 그럴 여유도 없었다. 1초라도 빨리 이곳을 벗어나고 싶었다.

조심스럽게 문을 닫고 나와 계단을 내려갔다. 다리가 부들부들 떨려서 똑바로 걷기가 힘들었다.

서두르지 않으면 막차를 놓칠지도 모른다. 하지만 전력 질주를 해서 사람들의 눈길을 끄는 건 피하고 싶었다. 나는 최대한 빨리 종종걸음으로 역을 향해 걸었다.

역에 도착한 것은 막차가 떠나기 직전이었다. 술 냄새가 진동하는 막차에 올라타서 크게 숨을 내쉬었다.

문이 닫히고 열차가 움직이기 시작한 순간, 믿을 수 없는 장면이 눈에 들어왔다.

플랫폼에 마호가 서 있었다. 마호는 나와 눈이 마주친 순간, 부드럽게 미소지었다.

7

나는 한동안 그 자리에 얼어붙은 듯 서 있었다.

왜 마호가 역에 있었던 걸까. 계획대로라면 알리바이를 만들고 있어야 할 시간인데.

갑자기 집으로 돌아와야 할 이유가 생긴 걸까. 하지만 만약 그랬다면 나에게 전화를 했을 것이다.

나는 핸드폰을 꺼내 부재중 전화가 와 있는지 확인했다. 한 건도 없었다. 휴대폰을 쥔 손이 부들부들 떨리는 것을 보고 그대로 주머니에 넣었다.

교외로 향하는 열차와는 달리 도심으로 향하는 막차는 텅텅 비어 있었다. 승객이 적은 만큼 수상한 행동을 하면 기억에 남기 쉬웠다.

지하철은 점점 멀어져갔다. 내가 죽인 낯선 남자로부터.

이제 돌아갈 수도 없고 어떻게도 할 수 없다. 그는 그 집에서 피투성이가 된 채로 죽어갈 것이다.

그렇게 생각하자 또다시 몸이 부들부들 떨렸다. 겨울이라 다행이라는 생각이 들었다. 얇은 옷을 입는 계절보다는 떨고 있다는 사실을 남들이 알아차리기 어려울 테니까.

마호가 내게 한 말이 거짓말일지도 모른다.

마호의 남편은 그냥 술을 좋아하는 선량한 사람이고, 마호가 보험금을 타내기 위해 내게 남편을 죽여 달라고 한 것인지도 모른다.

나는 눈을 꾹 감았다. 만약 그렇다고 해도 마호에게 알리바이가 필요하다는 사실은 변함이 없다.

마호는 왜 그 시간에 지하철역에 있었던 걸까. 어째서 모든 것이 계획대로라는 듯 내게 미소를 지어 보인 걸까.

온통 알 수 없는 것투성이라 비명이라도 지르고 싶었다. 울면서 누군가에게 도움을 요청하고 싶었다.

하지만 바로 깨달았다. 내가 매달릴 수 있는 상대는 아무도 없다는 것을.

부모님은 1년에 한두 번 찾아뵙는 정도이고 평소에는 전화도 하지 않는다. 예전에 사귀던 남자친구와도 연락이 끊긴 지 오래다.

마호가 내게 부탁했을 때, 오랜만에 타인과 연결된 듯한 기분이 들었다. 잃어버린 것을 되찾은 것 같은 기분이 들었다. 지금은 그저 혼란스럽기만 하고 그런 기분은 온데간데없이 사라졌지만.

역에 도착하자 옆에서 꾸벅꾸벅 졸던 중년 남자가 벌떡 일어나더니 역 이름도 확인하지 않고 헐레벌떡 열차에서 내렸다.

그는 지금까지 몇 번이나 이 지하철 막차를 타고 이 역에서 내렸을 것이다. 그런 느낌이 드는 움직임이었다.

나 말고는 모두가 일상을 살고 있었다. 그 속에서 나만 튕겨져 나온 느낌이었다.

어제까지는 스스로가 도쿄의 밤거리에 흘러든 한 톨의 모래 알갱이라고 생각했다. 지금은 그렇게 생각하던 시간들이 그립게 느껴졌다.

겨우 집에 도착해 샤워를 했다.

장갑을 가위로 잘게 잘라 음식물 쓰레기와 함께 쓰레기봉투에 넣었다. 입고 있던 코트와 옷과 신발도 모두 버릴 생각이었다. 하지만 쓰레기봉투 하나에 다 집어넣으면 의심을 살지도 모른다. 오늘은 일단 피가 묻은 장갑만 버리고 나머지는 조금씩 나눠서 버리기로 했다.

너무 피곤해서 손가락 하나 까딱할 기운조차 없었다.

침대에 쓰러지듯 드러누웠다. 몸이 너무 무거워서 지구 반대편까지 가라앉을 것만 같았다.

언젠가 이와 비슷한 느낌을 받은 적이 있었다.

머릿속을 찬찬히 되짚어 보다가 이윽고 기억이 났다. 중학교

2학년 때였다. 마호를 구하려고 남자의 배에 칼을 찔러 넣은 그날 밤.

그 사실을 깨닫고 나니 마음이 조금 편해졌다.

내일 아침에 경찰이 나를 체포하러 와서 우리 집 초인종을 누르더라도 나로서는 그저 그날 밤으로 돌아가는 것뿐이다.

밀려드는 졸음에 몸을 내맡기며 생각했다.

거기서부터 다시 시작하면 이런저런 일들을 지금보다는 좀 더 잘 해낼 수 있을까.

이튿날 눈을 뜬 것은 정오가 지나서였다.

경찰이 우리 집 초인종을 누르는 일은 일어나지 않았다.

마호에게서도 전화는 오지 않았다. 그날 역에 있었던 이유를 묻고 싶었지만 나는 마호의 연락처를 알지 못했다. 처음부터 성공하면 연락하지 않기로 하고 시작한 일이었다.

하지만 이걸로 다 끝났다는 생각은 들지 않았다.

역에서 마호를 보지 않았더라면 이렇게까지 찜찜하지는 않았을 텐데.

마호는 살인 혐의로 경찰에 체포된 걸까. 만약 그런 일이 생기면 요리코는 어떻게 되는 걸까.

무서워서 신문도 TV도 볼 수가 없었다.

타조는 무서운 일이 생기면 모래 속에 머리를 파묻고 눈을 감아 버린다고 하는 말은 사실일까. 만약 사실이라면 나는 타조의 기분을 알 것도 같았다.

<figure>✳</figure>

토츠카 유리는 거기까지 말한 뒤 긴 한숨을 내쉬었다. 그리고 작게 중얼거렸다. "아, 힘들다"라고.

힘들 만도 했다. 시계를 보니 이야기를 시작한 지 3시간이 지나 있었다. 나는 거의 듣기만 했으니 혼자서 3시간을 쉬지 않고 떠든 셈이다.

둘이서 각각 우롱차를 두세 잔 정도 마시고 가벼운 요리 몇 접시를 시켰을 뿐이니 가게 입장에서 보면 그리 좋은 손님은 아니었다.

토츠카 유리가 얼음이 다 녹은 우롱차를 단숨에 들이켰다.

"뭐 좀 더 시킬까요?"

"아니요, 괜찮아요."

그녀는 짧게 대답한 후 입을 다물었다. 나도 접시에 남은 음식을 먹는 데 집중했다.

마침 점원이 빈 접시를 치우러 왔길래 뜨거운 차를 부탁했다.

"제 얘기 재미있었나요?"

"네, 상당히 흥미롭네요."

빈말이 아니었다. 마호가 역에 있었던 이유는 무엇인가. 유리가 죽인 남자는 대체 누구인가.

궁금증을 자극하는 요소는 얼마든지 있었다.

"소설의 소재로 쓸 수 있을까요?"

"글쎄요…. 거기까지는…."

지금까지 들은 이야기를 토대로 내가 생각하는 사건의 결말을 말해 보라고 한다면 한번 도전해 볼 수는 있었다. 하지만 우리는 지금 미스터리 퀴즈를 풀고 있는 것이 아니었다.

"소설의 소재로 사용할 수는 있겠지만 제 주관이 개입되고 독자를 끌어들이기 위한 장치들을 넣다 보면 당사자가 마음에 들 만한 작품은 아니게 될 겁니다."

소설은 야생마 같은 것이라서 쓰는 사람조차 제어하지 못할 때가 있다. 쉽게 떠맡을 수는 없었다.

그녀가 말로 내뱉은 시점에 이미 사실은 조금씩 변하고 있었다. 그걸 내가 넘겨받아서 소설이라는 형태로 만들어 내는 것 자체는 가능하지만 그건 아마도 당사자가 생각하는 것과는 전혀 다른 결과물이 될 터였다.

나는 점원이 내온 차를 한 모금 마셨다.

그렇다면 나는 왜 이 여자가 하는 말을 듣고 있는 걸까.

이 여자가 내게 들어 달라고 했으니까. 하지만 나는 내가 하고 싶지 않은 일은 어떤 이유를 들어서라도 거절하는 인간이다. 그런 내가 다음에 언제 만날지를 의논하고 있는 것은 이 여자의 이야기를 듣고 싶어서가 아닐까.

세 사람의 이야기의 결말을.

토츠카 유리는 지금 내 앞에 앉아 양손으로 찻잔을 감싸쥐고 있다. 적어도 이 이야기가 최악의 결말로 치닫게 될 일은 없다는 말이다.

물론 그녀의 인생은 내게 모든 것을 다 털어놓은 후에도 계속 이어지겠지만.

✳

시계 알람 소리에 눈이 떠졌다.

알람을 끄고 침대에서 부스스 일어나 세수를 하러 갔다. 이를 닦고 식빵을 토스터에 넣어 구운 다음 슬라이스 치즈와 양파 피클을 올려서 먹었다. 전자레인지에 데운 우유에 인스턴트 커피를 타서 화장을 하면서 마셨다.

머리는 하나로 묶고 청바지와 스웨터를 입었다. 코트를 걸치고 늘 가지고 다니는 가방을 손에 들고 출근했다.

기계로 찍어낸 것처럼 변함없는 일상이 이어졌다.

그날 밤에 입었던 옷과 신발은 하나씩 버렸다. 코트는 자주 입던 것이었기 때문에 언제나처럼 그걸 입으려고 옷장을 열었다가 그제서야 버렸다는 사실을 기억해 냈다.

빠진 조각만이 그날 일이 꿈이 아니었음을 증명하는 증거였다.

마호에게서는 연락이 오지 않았다. 나는 마호의 연락처를 모른다.

같은 중학교를 나온 친구들에게 물어보면 한 명쯤은 알고 있지 않을까 싶기도 했지만 중학교 때 마호와 가장 친했던 사람은 나였다.

마호는 같은 단지에 사는 아이들과도 잘 어울리지 않았다. 연락처를 아는 사람이 있을 것 같지 않았다.

마호와의 접점은 완전히 사라져 버렸다.

내가 받았던 전화는 마호의 핸드폰이 아니라 공중전화에서 건 것이었다. 내 쪽에서 연락을 취하고 싶으면 그 집에 다시 찾아가는 수밖에 없었다.

그럴 용기는 없었다. 약도가 그려진 종이도 버려 버렸다. 나는 원래부터 길을 잘 헤매는 편이니 지도도 없이 찾아갈 수 있을 리가 없었다.

꿈이었으면 좋았을 텐데, 하고 몇 번이고 생각했다.

살인자가 된 것을 후회하는 게 아니었다. 나는 아주 오래전부터 이미 살인자였으니까.

만약 그 남자가 습관적으로 폭력을 휘두르는 남편이 아니었다면 나는 돌이킬 수 없는 잘못을 저지른 것이다.

하지만 그로 인해 내가 느끼는 죄책감은 얄팍하기 그지없었다. 그보다는 마호가 내게 거짓말을 했을지도 모른다고 생각하는 게 훨씬 더 두렵고 숨이 막혔다.

어쩌면 나의 이런 희박한 죄책감이 모든 일의 원흉인 게 아닐까.

언젠가 사이코패스의 특징에 관한 책을 읽은 적이 있다. 매력적이라든지 언변이 뛰어나다는 건 나에게는 해당되지 않았지만 죄책감을 느끼지 않는다는 부분에서 가슴이 뜨끔했다.

나는 외동딸인데도 부모님과 거리를 두고 남자친구에게도 아무렇지 않게 이별을 고하고 오사카를 떠났다. 도쿄에 온 이후 부모님이나 남자친구를 떠올린 적은 거의 없다. 남자친구와 헤어진 것을 후회한 적도 없다.

평범한 사람이 아니니까 중학교 2학년 때 그 남자의 배에 칼을 꽂아 넣을 수 있었던 것이겠지. 그리고 이번에는 마호가 하는 말을 곧이곧대로 믿고 처음 보는 남자를 죽였다.

아마도 나는 매력적이지도 않고 언변도 뛰어나지 않은 사이코패스일 것이다. 그런 생각을 하면 조금은 마음이 편해졌다.

인간은 자신을 설명해 주는 말을 필요로 하는 것인지도 모른다.

연말연시에도 오사카에는 돌아가지 않았다.

명절이나 연휴에는 대부분 출근했다. 가족이 있는 직원들은 주로 이 시기에 휴가를 쓰고 싶어 하지만 나와는 상관없는 일이었다.

출근을 하면 고향에 가지 않는 핑계로 삼을 수 있었다. 연차는 일손이 부족하지 않은 날을 골라 조금씩 소화했다.

1월 1일은 본점도 쉬는 날이라 집에서 혼자 떡국이라도 먹을 생각이었는데 갑자기 다른 매장으로 지원을 나가게 되었다. 최근에는 1월 1일부터 영업을 하는 쇼핑몰이 많다. 입점한 건물의 방침이 그렇다면 따르는 수밖에 없다.

다른 직원들은 남들 다 쉬는데 출근해야 한다고 투덜댔지만 휴일 수당이 나오기 때문에 나로서는 전혀 불만이 없었다.

술도 안 마시고 외식도 안 한다. 보안 때문에 월세가 조금 비싼 곳에 살고 있기는 하지만 돈이 드는 취미는 하나도 없다. 정신을 차려 보니 저금이 취미가 되어 있었다.

1월 1일에는 하루 종일 쉴 새 없이 손님이 밀려들었다.

문을 닫은 가게가 많다 보니 영업을 하는 곳에 몰리는 것 같았다. 이 매장은 과거에도 몇 번인가 지원을 나온 적이 있었기 때문에 평소에 어느 정도 붐비는지도 알고 있었다.

이 정도 매상이라면 가게 주인 입장에서는 연휴 기간에 영업을 하고 싶어 할 만도 했다.

하지만 직원들이 가족과 보내는 시간은 그만큼 줄어들게 된다. 휴게실에서 만난 직원은 오늘 출근해야 해서 고향에 내려가지 못했다고 투덜거렸다.

모두가 나처럼 가족들과 거리를 두고 싶어 하는 것은 아니었다.

저녁이 되자 손님도 조금 줄어들었다. 평소에는 9시까지 영업하지만 설 연휴 동안은 8시에 문을 닫는다.

계산대를 다른 직원에게 맡기고 매대에 놓인 책을 정리하고 있는데 문득 좋은 냄새가 났다.

차분하고 은은한 향기. 고개를 들자 연두색 코트를 입은 여자가 내 옆을 스쳐 지나갔다.

저런 색 코트를 입을 수 있는 건 부자나 옷에 돈을 들이는 사람뿐이다.

코트를 딱 한 벌만 가지고 있으면 어떤 옷에도 잘 어울리는 디자인과 색을 선택할 수밖에 없다. 코트를 몇 벌씩 가지고 있으니 저런 예쁜 색을 고를 수 있는 것이다.

손에 든 것 역시 나조차도 알고 있는 유명한 명품 브랜드의 가방이었다. 내 한 달 월급을 다 쏟아부어도 저런 가방은 사지 못할 것이다.

딱히 부럽다는 생각은 들지 않았다. 그 가방은 다른 세계에 존재하는 물건이었다.

일행으로 보이는 여자도 마찬가지로 명품을 몸에 두르고 있었다. 나이는 비슷하지만 나와는 다른 세계에 사는 사람들.

연두색 코트를 입은 여자가 뒤를 돌아보았다. 순간 숨이 멎는 줄 알았다.

마호였다.

여행 잡지를 손에 들고 일행에게 웃으며 말을 건네고 있었다.

잘못 본 것이 아니었다. 마지막으로 마호를 본 것이 고작 한 달 전이었다.

마호가 이쪽을 보기 전에 서둘러 매대 뒤로 몸을 숨겼다.

숨을 골랐다. 얼굴은 마호였지만 분위기는 한 달 전과 전혀 달랐다.

폭력을 휘두르는 남편에게서 벗어나 자유로워진 걸까. 그렇다면 다행이다. 분명 그럴 것이다. 스스로에게 들려주듯 반복해서 중얼거렸다.

두 사람은 매장 안을 조금 돌아다니다가 아무것도 사지 않고 밖으로 나갔다.

마호의 모습이 보이지 않는 것을 확인한 후에야 길게 숨을 내쉬었다.

이상한 기분이었다. 작년에 우리 집에서 만났을 때보다 오늘처럼 예쁜 색 코트를 입고 친구와 함께 웃고 떠드는 모습이 훨씬 더 마호다웠다.

중학교 때부터 마호는 도시적이고 화려한 분위기였다. 나를 비롯한 단지 아이들과는 전혀 달랐다.

나는 마호의 곧게 뻗은 등을 동경했다.

하지만 그렇다면 그날 내 앞에 나타난 초췌한 마호는 대체 무엇이었을까.

1월 말, 오랜만에 본가에 돌아갔다.

핑계를 대고 당분간 돌아가지 않을 생각이었지만 할아버지가 위암에 걸려 수술을 받게 되신 것이다.

림프절까지 전이되었다고 하니 뵈러 가지 않을 수 없었다.

직장에는 사흘 연차를 내고 고속 열차에 몸을 실었다.

고향에 가는 것은 싫지만 고속 열차를 타는 것은 좋았다. 도시락을 구입해서 창가 쪽 자리에 앉아 창밖을 내다보았다.

사람들은 나를 쉽게 받아들여 주지 않지만 도시는 다르다. 도시는 나라는 존재를 얼마든지 선뜻 받아들여 주었다.

이 도시에 살면 어떨까. 매일 이 산을 바라보면서 살면 즐거울까. 그런 상상을 하다 보면 2시간 반은 금방 지나갔다.

잠깐 눈을 붙이는 것조차 아까울 정도였다.

신오사카역에서 엄마를 만나 할아버지가 입원한 병원을 찾아갔다. 1년 만에 뵙는 할아버지는 앙상하게 야위어 보였다.

자존심이 강한 분이라 아무렇지 않은 척해 보이려 애쓰셨지만 때때로 지친 기색을 내비치셨다.

우리는 면회를 서둘러 마치고 병원을 나섰다.

집으로 돌아가는 열차 안에서 엄마가 내게 물었다.

"사귀는 사람은 없니?"

"없어."

바로 대답했다. 오사카에 있을 때 사귀었던 남자친구도 부모님께 소개한 적은 없었다.

"너도 이제 좋아하는 것만 할 게 아니라 제대로 된 상대도 좀 찾고 그래야지. 사유미는 결혼정보회사에 등록했다더라."

엄마는 나와 동갑인 사촌 이름을 꺼냈다. 좋아하는 것만 하는 게 아니다. 그냥 일을 하고 있을 뿐이다.

남자라면 일하는 걸 가지고 '좋아하는 것만 하고 있다'는 말을 들을 일은 없겠지. 서른이 넘으면 이런 부조리한 언행들이 신경에 거슬린다.

"마호랑은 만났니?"

마호라는 이름에 심장이 철렁했다.

"아직. 서로 시간이 잘 안 맞더라고. 나는 퇴근도 늦고 요즘은 주말에도 계속 출근을 하니까."

변명처럼 늘어놓았다.

"엄마는 얼마 전에 백화점에서 마호네 엄마 만났는데."

"어?"

마호네 엄마는 계속 오사카에 살고 있는 걸까. 원래 고향도 오사카라고 했으니 이상한 일은 아니었지만 조금 놀랐다.

"마호도 아직 결혼 안 했대. 친구끼리는 닮는다더니."

숨이 턱 막혔다. 나는 억지로 미소를 지어 보였다.

"마호는 무슨 일 한대?"

"부동산에서 일한다고 했던 것 같은데. 원래 마호네 아빠가 그쪽 일을 했다더라."

마호는 결혼하지 않았다.

딸이 결혼을 했다면 친엄마가 그 사실을 모를 리가 없다.

그 집에 있던 남자는 마호의 남편이 아니다. 문패에는 이름이 적혀 있지 않았다.

그날 어린 딸을 데리고 우리 집에 왔던 마호는 가짜다.

마호는 처음부터 거짓말이라는 갑옷을 두르고 나를 속일 작정이었다. 나는 그 거짓말에 속아 넘어간 것이다.

화는 나지 않았다. 시간이 지나면 마호에게 화가 날지도 모르겠지만 지금은 그저 스스로가 경솔하고 어리석었다는 생각밖에 안 들었다.

그뿐만 아니라 내심 마호에게라면 속아도 괜찮다는 생각마저 들었다.

아마도 이건 감정에 섞여든 불순물일 것이다. 아직 내가 이 사태를 제대로 받아들이지 못해서 이런 감정이 생겨나는 것이다.

언젠가는 분노나 증오 같은 감정에 잠식당하겠지만, 그렇다고 해서 이 불순물이 가짜라는 말은 아니었다.

다음 쉬는 날, 나는 평소보다 조금 늦게 일어났다.

러시아워가 끝나갈 무렵에 맞추어 나갈 준비를 했다. 출근할 때는 파운데이션을 바르고 립스틱을 바르는 정도이지만 오늘은 풀 메이크업을 했다.

평소 잘 입지 않는 바지 정장을 입고 단화를 신었다. 그리고 안경을 썼다.

이로써 평소와는 완전히 인상이 달라졌을 것이다. 아는 사람과 마주치더라도 나를 알아보지 못할 가능성이 높았다.

지하철을 갈아타고 그날 갔던 역으로 향했다. 주변 풍경을 보면서 걷다 보면 그 빌라까지 가는 길이 기억날지도 모른다.

지금은 낮이고 그때는 밤이었다. 오늘 못 찾으면 다음에는 밤에 와 볼 생각이었다.

범인은 반드시 현장에 돌아온다는 말을 소설에서 본 적이 있다. 그럴 리가 없다고 생각했는데 정말이었다.

지하철에서 내려 개찰구를 빠져나왔다. 작은 역이라서 개찰구는 한 군데, 출구도 두 군데밖에 없다.

우선 역에 있는 지도를 자세히 살펴보았다.

그때 지나간 길에는 우체국과 공원이 있었다. 지도상에도 아마도 같은 것으로 추정되는 우체국과 공원이 있었다. 이로써 방향은 대충 좁혀졌다.

중간까지 가는 길은 쉬웠다. 그 후에 몇 번인가 골목을 잘못 들어서 다시 공원으로 돌아오기를 반복했다. 40분 정도 헤맸을까.

드디어 여기가 맞는 것 같다는 느낌이 드는 길을 찾아냈다. 살짝 경사가 진 언덕을 숨을 고르며 천천히 걸어갔다.

언덕 가운데쯤에 어디선가 본 듯한 목조 빌라가 자리잡고 있었다. 외벽에 계단이 설치된 낡은 2층짜리 빌라.

건물이 눈에 들어온 순간, 누가 내 목을 조르기라도 하는 것처럼 숨이 잘 쉬어지지 않았다.

목에서 피를 흘리던 남자가 아직도 거기에 죽어 있을 것만 같은 기분이 들었다.

그럴 리가 없다. 그로부터 벌써 두 달 가까이 지났다. 아무리 겨울이라도 시체 썩는 냄새가 났을 것이다. 이웃들이 눈치채지 못했을 리가 없다.

빌라 1층에 우편함이 있었다.

우편함은 총 8개였다. 모두 하나같이 전단지만 가득했다.

우편함만 보면 아무도 살지 않는 것 같았다.

조심스럽게 계단을 올라갔다. 그날 남자가 자고 있던 집은 계단에서 두 번째 집이었다. 손수건으로 손을 감싸고 초인종을 눌렀지만 대답은 없었다. 현관문 옆에 창문이 달려 있기는 했지만 불투명 유리라서 집 안은 들여다보이지 않았다.

복도 끝까지 걸어가 봤지만 누군가 살고 있는 기척은 느껴지지 않았다. 낮이라서 다들 일하러 나간 것일 수도 있지만 그렇다고는 해도 지나치게 공기가 가라앉아 있었다.

포기하고 다시 1층으로 내려가자 자전거에 올라탄 중년 여성이 나를 수상하다는 듯 쳐다보고 있었다. 장 보러 가는 길인 듯하니 아마도 이 근처에 사는 사람일 것이다.

"뭐 팔러 왔어요? 그 빌라에는 아무도 안 살아요."

오늘 내 옷차림은 보험사 영업 사원 같아 보일 만도 했다. 나는 용기를 내어 여자에게 물어보았다.

"전에 여기에 친구가 살았었는데요. 다들 이사 갔나요?"

"네, 이제 곧 철거할 거래요. 부수고 새 아파트를 짓는다나 뭐라나."

"철거한다고요?"

나도 모르게 되물었다.

"원래 진작에 허물 계획이었는데 계속 안 나가고 버티는 집이 있었대요. 야쿠자 같은 사람도 있어서 이웃들이 다 무서워했다고 들었어요. 건물주도 이미 예전에 죽어서 관리가 전혀 안 되고 있었거든요. 빈집을 그대로 놔두면 동네 치안이 안 좋아지잖아요. 철거가 결정되어서 정말 다행이지 뭐예요."

"아…"

할 말을 마친 여자는 자전거를 타고 사라져 버렸다. 나는 여자의 뒷모습을 멍하니 바라보았다.

그로부터 2주 정도 지난 어느 추운 날이었다.

밤에는 눈이 내릴 거라고 했다. 눈 오는 날은 좋아하지 않는다. 도쿄는 눈이 많이 내리는 편은 아니었지만 오사카나 후쿠오카보다는 많이 내렸고, 가끔 쌓일 때도 있었다. 도쿄에 온 첫해 겨울에 눈 오는 날 미끄러져서 허리를 다친 후로는 눈 예보가 있으면 반드시 미끄럼 방지 처리가 된 부츠를 신고 출근했다.

저녁 무렵 계산대에 서 있는데 양복을 입은 남자가 다가왔다.

나이는 30대 중반 정도, 인상은 부드럽지만 왠지 분위기가 평범한 회사원은 아닌 것 같았다.

"토츠카 유리 씨 맞으시죠? 업무 중에 죄송하지만 잠시 이야기를 좀 나눌 수 있을까요?"

"네?"

내가 누구시냐고 묻기 전에 상대가 먼저 양복 안주머니에서 무언가를 꺼내 보였다. 아주 잠깐이었지만 그것이 경찰 수첩이라는 건 바로 알아보았다. 진짜인지 아닌지는 모르겠지만 다른 직원이나 손님들이 알게 되는 것도 싫었다.

"20분 후에 쉬는 시간인데요."

"알겠습니다. 그럼 맞은편 건물 1층에 있는 카페에서 기다리고 있겠습니다."

그는 그렇게 말하고는 돌아갔다. 억지로라도 끌고 갈 줄 알았기 때문에 맥이 탁 풀렸다.

경찰은 내가 죽인 남자에 대해 알고 있는 걸까. 그것 말고는 경찰이 나를 찾아올 이유가 없었다.

도망치면 쫓아올까. 도망을 친다면 어디로 가야 할까.

가고 싶은 곳도 없었고 하고 싶은 일도 없었다. 잡힌다고 해도 딱히 상관없었다.

문득 사토코 생각이 났다.

'결국 한번 레일에서 벗어나면 두 번 다시 이전으로는 돌아갈 수 없다는 걸 알게 됐거든.'

사토코는 나를 대신해서 레일에서 벗어났다.

앞으로 내가 레일 위를 걷지 못하게 되더라도 그건 전혀 불행한 일이 아니었다. 단지 지금까지 내게 기나긴 유예가 주어졌던 것뿐이다.

멍하니 이런저런 생각을 하다 보니 눈 깜짝할 사이에 20분이 지나갔다. 나는 계산대를 다른 직원에게 맡긴 후 앞치마를 벗고 매장을 나섰다.

카페 안쪽 자리에 아까 본 남자가 앉아 있었다. 옆에는 50대로 보이는 남자가 앉아 있었다.

나는 맞은편 자리에 앉았다. 주문을 받으러 온 웨이트리스에게 커피를 부탁했다.

"업무 중에 불러내서 죄송합니다. 쉬는 시간은 1시간인가요? 식사는요?"

나이가 많은 쪽이 물었다. 놀랄 만큼 정중한 말투였다.

"괜찮습니다. 오후 근무라 점심 먹고 출근했고 저녁은 집에 가서 먹을 거라서요."

나이가 많은 쪽이 하시모토, 젊은 쪽은 나츠메라고 했다. 나츠메는 자신의 경찰 수첩을 한 번 더 꺼내어 내게 제대로 보여준 다음 입을 열었다.

"사카자키 마호라는 여자를 아십니까?"

나는 눈을 깜박였다.

"네, 압니다. 같은 중학교를 나왔고, 친구였습니다."

이런 사실은 숨겨 봤자 금방 들통이 날 것이다.

"최근에 그 친구로부터 연락이 온 적이 있습니까?"

"작년에 본가로 전화가 왔었다고 들었습니다. 부모님은 오사카에 계속 살고 계시지만 저는 독립한 지 오래되었기 때문에 나중에 부모님께 전해 들었습니다."

"그것뿐입니까?"

"그것뿐입니다."

1월 1일에 서점에서 마호를 목격한 건 말해도 괜찮을 것 같았지만 굳이 말할 필요도 없어 보였다.

"본가로 연락이 왔을 때 부모님이 그 친구에게 유리 씨의 현재 전화번호를 가르쳐 주지 않으셨나요?"

"가르쳐 줬다고는 하는데 제게 연락이 오지는 않았습니다."

"부재중 전화도요?"

나는 고개를 갸웃거렸다.

"모르는 번호는 받지 않을 때도 있어서 잘은 모르겠지만 아마 없었던 것 같아요."

"마지막으로 만난 건 언제였습니까?"

나는 잠시 기억을 되짚어 보았다. 작년 말에 재회한 것을 제외하면 대체 언제가 마지막이었을까.

"고등학생 때… 였던 것 같은데요. 마호는 고베에 있는 사립 고등학교로 진학했기 때문에 오며 가며 가끔 얼굴만 보는 정도였지만요. 그러다가 마호가 도쿄로 이사를 갔고 그 이후로는 못 만났습니다."

나츠메와 하시모토는 서로를 마주 보았다. 예상치 못한 대답을 들었다는 반응이었다.

"고등학교 때 이후 한 번도 만난 적이 없다고요?"

"네. 대학에 들어간 후 몇 번인가 전화 통화를 한 적은 있는데 점점 뜸해지다가 결국 연락이 끊겼죠."

이건 거짓말이 아니었다. 작년에 재회하기 전까지는 완전히 연락이 끊긴 상태였으니까.

나와 마호의 관계는 아주 가느다란 실이다. 언제 끊어져도 이상하지 않았다.

나츠메가 헛기침을 했다.

"마호 씨는 주위 사람들에게 자신의 가장 소중한 친구는 당신이라고 말했다고 합니다. 이 말에 대해 어떻게 생각하십니까?"

아마도 나는 어리둥절한 표정을 지었을 것이다. 연기가 아니라 정말로 의아했기 때문이다.

"의외이신가요?"

"네… 그도 그럴 게 저희는 15년 넘게 서로 얼굴도 못 봤는걸요."

새해 첫날에 본 마호는 좋은 옷을 입고 있었고, 자기처럼 예쁘고 도회적인 분위기를 풍기는 친구와 함께 웃고 있었다. 나

같은 건 완전히 잊어버린 것 같았다.

그러다 문득 기억이 났다. 중학생 때 마호도 그랬다. 도회적이고 세련되고, 하지만 항상 고독했다.

"가장 소중한 친구라고 말해 줬다는 건 고마운 일이긴 하지만 제게는 이미 오래전 일이라⋯. 마호한테 지금 친구가 없는 건 아닌지 걱정이 되네요."

마치 자기한테는 친구가 있다는 듯한 뉘앙스였다. 머리 위에서 객관적인 내가 나를 내려다보며 웃었다.

내 핸드폰에는 직장 동료들의 전화번호가 등록되어 있고, 가끔 함께 밥을 먹으러 갈 때도 있었다. 그들을 친구라고 부를 수는 있었지만 그들은 마호나 사토코와는 결정적으로 다른 존재였다.

"잘 알겠습니다. 시간 내 주셔서 감사합니다."

이것으로 끝난 걸까. 나는 입을 달싹였다. 하지만 할 말이 떠오르지 않았다. 부자연스럽지 않게 들릴 만한 말을 찾기 위해 머릿속을 열심히 뒤졌다.

"마호한테 무슨 일이 생겼나요?"

"부동산 관련 문제가 생겨서 마호 씨를 잘 아는 분들께 이야기를 들으러 다니는 중입니다."

"마호가 뭔가 사고를 당한 건가요?"

"아니요, 그런 건 아닙니다. 걱정 안 하셔도 됩니다."

나츠메가 웃으며 말했다. 나도 생긋 웃어 보였다.

"그렇다면 다행이네요."

아무래도 나는 스스로 생각하는 것보다 훨씬 더 거짓말에 소질이 있는 모양이었다.

나츠메 토시야의 얼굴에는 때때로 예전 남자친구를 떠올리게 하는 표정이 떠오르곤 했다.

그래서 나는 그를 향해 몇 번이나 미소를 지어 보였다. 그리고 그의 눈을 지그시 응시했다.

내 예감은 맞았다. 사흘 뒤 나츠메는 다시 우리 매장을 찾아왔다. 이번에는 혼자였다. 그날은 오전 근무였기 때문에 일이 끝나고 함께 밥을 먹으러 가기로 했다.

둘이서 술집에 가서 술을 마셨다. 평소에는 거의 소프트드링크만 마시지만 나도 맥주를 한 잔 마셨다. 맥주 한 잔 정도는 마실 수 있다.

그날 밤은 시종일관 무난한 이야기만 나누다가 헤어졌다. 두 번째 데이트는 그다음 주였다. 이탈리안 레스토랑에서 식사를 하는 도중에 그의 핸드폰이 울렸다. 경찰서에서 온 연락이었다. 결국 그는 메인 요리에는 손도 대지 못한 채 뛰어나갔다.

혼자서 성게알 파스타와 오소부코를 다 먹고 웨이터를 불러 계산서를 갖다 달라고 하자 "아까 일행분이 계산하고 가셨습니다"라는 대답이 돌아왔다.

바로 다음 날, 그에게서 전화가 왔다.

"미안. 어제 제대로 못 먹었으니까 다음에는 더 맛있는 거 사줄게. 언제 시간 돼?"

나는 농담조로 대꾸했다.

"그러다 또 먼저 가 버리고 나 혼자 먹게 되면 어떡해?"

"미안하다니까."

"농담이야. 일이니까 어쩔 수 없지. 화 난 거 아니니까 신경 쓰지 마."

"내가 신경이 쓰인다고."

"그럼 초밥 먹으러 가자. 회전초밥집이라도 좋으니까."

초밥이라면 식사 중에 갑자기 연락이 오더라도 바로 식사를 중단하고 일어날 수 있다. 이제 나츠메와 만날 때는 요리가 코스로 나오는 가게에는 가지 않는 게 좋을 듯싶었다.

나츠메가 나를 데려간 곳은 회전초밥집은 아니었지만 가격도 적당하고 맛있는 초밥집이었다. 그날 그의 핸드폰은 울리지 않았다.

"유리네 집에 가 보고 싶다."

가게를 나서자 그가 응석 부리는 투로 말했다. 딱히 상관은 없었다. 왠지 그렇게 될지도 모르겠다는 예감이 들어서 오늘 아침에 방을 치우고 나온 터였다.

편의점에서 맥주와 안주를 사서 내 방으로 갔다.

올해 겨울, 추위를 견디다 못해 결국 코타츠*를 구입했다. 그는 코타츠에 다리를 집어넣고 맥주를 땄다.

나는 탄산수를 마시며 그가 기분 좋게 맥주캔을 비우는 모

---

* 열선이 설치된 탁자 위에 이불을 덮어서 사용하는 일본의 난방 기구

습을 쳐다보다가 큰마음 먹고 물어보았다.

"나츠메는 경시청 형사지? 몇 과 소속이야?"

평소에는 일 얘기는 전혀 하지 않지만 술기운에 입이 가벼워졌는지 나츠메가 선선히 대답했다.

"수사1과."

초밥집에서 마신 맥주가 단숨에 깼다. 나는 애써 가벼운 말투로 대답했다.

"오오, 살인 사건 수사? 그럼 마호는 살인 용의자인 거야?"

"아니, 사카자키 마호에게는 알리바이가 있어. 당시 범행 현장 근처에 있었다는 건 확인되었지만 어떤 방법으로든 본인이 현장까지 직접 가서 죽이는 건 불가능해."

그 빌라는 역에서 20분 가까이 떨어져 있다. 택시를 타면 5분 만에 갈 수도 있겠지만 역까지 왕복하는 시간에 실제 범행을 저지르는 시간까지 고려하면 최소 20~30분은 걸릴 것이다.

빌라가 위치한 지역은 택시가 쉽게 잡히는 곳도 아니었다. 타고 간 택시를 다시 타고 오기 위해 기다려 달라고 하면 택시 운전사의 기억에 남을 가능성이 높다. 게다가 요즘에는 대부분의 택시 회사에서 승차 기록을 남기고 있었다.

"그러니 아마도 공범이 있을 거야."

마음을 진정시키기 위해 잔에 든 탄산수를 한 모금 마셨다.

"경찰에서 마호가 죽였다고 보고 있는 상대는 어떤 사람이야?"

"사카자키 마호가 상속한 낡은 빌라에 과거 조폭이었던 남자가 살고 있었어. 나가라고 해도 나가지도 않고 물론 월세도 내지 않았지. 쫓아내고 싶어도 힘으로는 당해낼 수가 없으니까 아무도 나서지 못하고 있었는데 그 남자가 작년에 누군가한테 살해당한 거야. 조폭이었을 때 원한을 사서 그렇게 되었다는 설이 유력하지만, 하시모토 형사님은 사카자키 마호를 의심하고 있어. 그 남자가 죽으면 빌라를 허물고 새 아파트를 지을 수 있는 상황이었거든. 그렇게 되면 떼돈 버는 거지. 반대로 빌라를 지금 상태로 방치하는 건 엄청난 손해인 거고."

"마호의 애인은 찾아가 봤어?"

"사귀는 상대는 없어. 동성 친구는 있지만 살인에 가담할 정도로 가까운 사이는 아니고."

"아무래도 그렇겠지. 여자들의 우정은 생각보다 드라이한 편이니까. 중학교 때 친구랑은 중학교를 졸업하면 볼 일이 없고, 고등학교도 대학교도 마찬가지야. 고작해야 연하장을 통해 근황을 주고받는 정도랄까."

뇌가 경고 신호를 보냈다. 말을 많이 해서는 안 된다. 잔머리를 굴리고 꾀를 쓰면 들통나기 쉽다. 거짓말로 거짓말을 덮으려고 하다 보면 모순이 생길 수밖에 없다.

절대로 말하면 안 되는 것만 숨기고 나머지는 최대한 진실을 말하는 것이 좋다.

나츠메는 하반신을 코타츠에 넣은 상태로 방바닥에 드러누웠다.

"뭔가 아늑하다…."

"좁아서 그런 거 아냐?"

이대로 섹스를 하게 될지도 모르겠다는 생각이 들었다. 만약
하게 된다면 콘돔은 나츠메가 가지고 있는 걸까.

나한테는 없었다. 이제 내 인생에 그런 일은 생기지 않을 거
라고 생각했으니까.

내가 혼자서 이런저런 생각을 하는 동안 나츠메는 아무 말도
하지 않았다. 조용했다. 얼굴을 들여다보니 잠이 들어 있었다.

걱정한 내가 바보 같았다.

어쨌거나 이로써 내가 죽인 상대가 어떤 사람인지 알게 되었
다. 그리고 마호가 왜 내게 그 남자를 죽이게 한 것인지도.

하지만 뭔가가 걸렸다. 머리로는 이해가 가지만 마음으로는
이해가 가지 않았다. 단순히 내가 마호를 믿고 싶어서 그런 것
일 수도 있겠지만.

어째서 마호는 내가 자신의 가장 소중한 친구라고 말한 걸까.

8

이튿날 아침, 눈을 뜬 나츠메는 간단히 세수만 하고 돌아갔
다.

"전화할게."

다정하게 건네는 말에 나는 웃으며 고개를 끄덕였다.

키스도 하지 않았다. 사귀자는 말을 들은 것도 아니다. 만약
그렇게 되더라도 상관없다고 생각했지만 이대로 아무 일도 일
어나지 않는 것도 나쁘지 않았다.

그 편이 죄책감이 덜할 테니까.

나는 그를 사랑하는 것이 아니다. 그렇게 보이도록 행동하고
있을 뿐이다.

생각해 보면 내 인생은 언제나 연기를 하고 있는 것이나 다름

없었다. 과거의 연애에서도 남자친구가 내게 상냥하게 대해 주었기 때문에 나도 그를 사랑하는 척한 건지도 모른다. 그러다 보면 어느샌가 이것이 연기인지 진짜 내 감정인지 구별이 가지 않게 된다.

나츠메도 언젠가 정말 좋아하게 될지도 모른다. 하지만 지금은 아직 아니었다.

그러니 그도 나를 좋아하지 않는 게 나았다.

마호에 관한 정보를 캐내기 위해 내게 접근한 것이어도 상관없었고, 사실은 나를 의심하고 있다고 해도 괜찮았다. 이대로 평범한 친구 사이로 끝나는 것도 나쁘지 않을 것 같았고, 두 번 다시 만나지 못하게 되더라도 상관없었다.

나는 누구에게도 아무것도 기대하지 않았다.

다만 현재로서는 오직 그만이 마호와 나를 이어주는 유일한 끈이었고, 나는 조금 더 그 끈을 붙잡고 있고 싶었다.

그 감정에 애틋함이 섞여 있다는 것이 스스로 생각하기에도 이상했다.

일하다가 잠시 짬이 났을 때 매장에 꽂혀 있는 형법 책을 들춰 보았다.

「타인을 교사하여 죄를 범하게 한 자는 죄를 실행한 자와 동일한 형으로 처벌한다.」

그 문장만 확인하고 책을 덮었다.

즉 마호가 나를 고발하는 일은 없을 거라는 말이었다. 내가

마호의 부탁을 받아서 죽였다고 말하면 마호도 나와 같은 살인
자가 될 테니까. 게다가 마호는 내게 상대가 자기 남편이고, 그
에게 가정 폭력을 당하고 있다고 거짓말을 했다. 내게는 그 남
자를 죽일 동기가 없고 마호에게는 있으니 경찰 조사를 받게
되면 그 부분을 집중적으로 추궁당할 것이다.

증거가 남아 있는지는 모르겠지만 당시 현장의 상태나 구체
적인 살해 방법을 증언할 수도 있었다.

책을 다시 책장에 돌려놓은 후 내 자리로 돌아왔다.

원래 아무것도 모를 때가 제일 무서운 법이다. 마호가 무슨
의도로 내게 거짓말을 하고 사람을 죽이게 한 것인지 알고 나
니 마음이 조금 편해졌다.

경찰에 붙잡히는 것, 교도소에 들어가는 것, 남은 인생을 살
인자로 살아가는 것은 이미 다 각오하고 있었다. 열네 살 때부
터 하루도 그 생각을 하지 않은 날이 없었다.

내가 남자를 죽인 사건이 어떤 식으로 보도되었는지 도서관
에 가서 신문을 확인하고 싶었지만 아무래도 조심스러웠다. 나
츠메나 다른 경찰관이 언제 내게 의심의 눈초리를 보낼지 알
수 없었다.

아직 나를 의심하지는 않는 걸까.

마호와 나는 오랜 기간 만나지 않았다. 성인이 된 후 우리가
만난 것은 그날 하루뿐이다. 나는 일을 하고 있고 모아 놓은 돈
도 있다.

마호가 나를 가장 소중한 친구라고 말했다고 해서 그것만 가

지고 경찰이 나를 의심하지는 않을 것이다.

내가 마호를 위해 사람을 죽일 만한 이유를 찾으려면 고등학교 1학년 여름방학 때까지 거슬러 올라가야 한다. 아니 어쩌면 그보다 더 전, 중학교 2학년 겨울까지. 어쩌면 그보다도 훨씬 더 전, 나와 사토코가 처음 만난 날까지.

과연 경찰이 거기까지 추적할 수 있을까.

다만 물적 증거가 있다면 이야기는 달라진다. 만약 그 집에서 내 머리카락이나 지문 같은 것이 발견되었다면 동기가 없더라도 나는 용의자로 몰릴 것이다.

모아 놓은 돈이 있다고 해서 돈에 흔들리지 않는다는 법도 없고, 그냥 내가 우정을 매우 중시하는 사람이라고 생각할 수도 있다.

문득 이런 생각이 들었다.

형사인 나츠메가 우리 집에 온 것은 내 지문을 채취하기 위해서가 아니었을까.

그렇다고 해도 상관없었다. 내가 현장에 물증을 남겼다면 용의선상에 오른 순간 이미 진 것이나 다름없었다. 상대는 경찰이니까.

하지만 연애 감정이 있는 것처럼 행동해서 증거를 수집하는 것은 위법일 터였다. 예전에 어떤 추리 소설에서 본 적이 있다.

경찰이라면 그런 짓을 하지 않고도 얼마든지 증거를 모을 수 있을 것이다. 굳이 비판을 감수하면서까지 그렇게 할 이유가 없었다.

나는 잠시 생각에 잠겼다.

마호와 지금 무리해서 연락을 취할 필요는 없다. 하지만 마호
가 어디에 있는지는 알아두고 싶었다.

나오코를 떠올린 것은 중학교 동창 중 유일하게 연하장을 주
고받는 상대였기 때문이다.

중학교 2학년 때 반이 갈린 후로는 복도에서 우연히 만나면
한두 마디 나누는 정도였지만 내가 사토코의 일로 모두에게 따
돌림을 당하게 된 후에도 나오코는 변함없이 연하장을 보내 주
었다.

연하장에는 언제나 '잘 지내? 보고 싶다' 같은 짧은 손글씨가
덧붙여져 있었고, 그걸 볼 때마다 잠시나마 마음이 따뜻해졌
다.

연하장 말고는 전혀 연락을 하지 않았으니 친한 사이라고 하
기는 어려웠지만 나는 그 정도 거리감이 편했다. 그래서 나도
매년 연하장을 보냈고, 이사 갈 때마다 새 주소를 알려 주었다.

나오코는 남편의 전근으로 작년에 도쿄 옆에 있는 가나가와
현으로 이사를 왔다고 했다. 올해 초에 받은 연하장에는 '가까
이에 살게 되었으니 올해야말로 만날 수 있으면 좋겠다'라고 적
혀 있었다.

한 번쯤 연락을 해 봐도 좋을 것 같았다.

나는 연하장에 적힌 전화번호로 문자를 보냈다.

답장이 오지 않을지도 모른다고 생각했지만 바로 답장이 왔

다.

【유리? 오랜만이야. 연락 줘서 고마워. 일 하느라 바쁘지? 나는 아줌마 다 됐어.】

나오코의 연하장에는 아이 사진이 들어 있어서 딸인 치사코의 얼굴은 매년 보아 왔지만 나오코 본인이 어떻게 변했는지는 알 수 없었다.

이야기는 일사천리로 진행되어 다음 쉬는 날에 만나기로 했다.

나오코는 마호와 아주 친한 편은 아니었지만 졸업을 앞두고 고립되었던 나보다는 모두의 소식을 잘 알고 있을 터였다. 나오코는 우리 그룹에 속해 있었지만 다른 그룹에도 친구가 많았다.

전근이 잦은 남편과 결혼하기 전까지는 계속 본가에서 살았고 이사도 다니지 않았으니 중학교 동창 소식은 알음알음 전해 들었을 것이다.

만날 장소와 시간을 정하고 전화를 끊자 마음이 좀 놓였다.

연하장은 주고받는 사이지만 실제로 만나자고 하면 싫어하지 않을까 내심 걱정했기 때문이다.

만약 반대로 나오코에게서 갑자기 만나자는 연락이 왔다면 나는 흔쾌히 응할 수 있었을까. 거절은 하지 않았겠지만 마음 한구석에서는 이런 생각을 했을 것이다.

종교나 다단계 같은 게 아닐까. 보정 속옷이나 그림 같은 걸 강매당하는 게 아닐까.

어쩌면 나오코도 지금 그런 생각을 하고 있을지 모른다.

그렇다고 하더라도 상처를 받지는 않았다. 목적이 있어서 만나자고 하는 건 사실이니까.

핸드폰 수신음이 울렸다. 나츠메에게서 온 문자였다.

다음 쉬는 날에 같이 밥이라도 먹으러 가지 않겠느냐는 내용이었다. 나오코와는 낮에 만나기로 했으니 저녁 시간은 비어 있었다.

나는 그러자고 답장을 보냈다.

거짓말로 점철된 약속들뿐인데도 어쩌서인지 가슴이 설렜다.

약속 장소는 나오코가 사는 동네에 있는 역 앞이었다.

나오코는 오래 집을 비우기가 어려운 상황이었다. 초등학교 2학년인 딸 치사코가 오후에는 학교에서 돌아오기 때문이다. 아직 오랜 시간 혼자 집에 두기는 불안하다고 했다.

우리 집에서는 1시간 넘게 걸리는 곳이지만 나는 시간적으로 자유로운 몸이니 어디든 상관없었다.

고심해서 입고 갈 옷을 골랐다. 예전 남자친구와 사귈 때도, 나츠메를 만나러 갈 때도 옷에 신경 쓴 적은 없었건만 어쩌서인지 나오코에게는 초라해 보이고 싶지 않았다. 딱히 부유해 보이고 싶은 것도 아니고 그렇게 보일 만한 옷도 없었지만 최소한 불행해 보이지는 않았으면 싶었다.

고민 끝에 카키색 니트 원피스를 입고 가기로 했다. 평소에는 하나로 묶기만 하는 머리도 정성껏 드라이한 후 집을 나섰다.

약속 장소인 역에 도착해 개찰구를 나와서 주위를 두리번거렸다.

"유리!"

흰색 롱 패딩을 입은 고상한 분위기의 여자가 내 쪽으로 다가왔다. 나오코였다.

거리에서 우연히 마주쳤으면 못 알아봤을지도 모르겠다는 생각이 들었다.

"오랜만이야!"

20년 만이라고 생각하니 정신이 아득해졌다. 인생의 절반이 넘는 기간을 보지 못한 셈이다.

"갑자기 만나자고 해서 미안해."

"아니야, 연락 받고 내가 얼마나 기뻤는데. 이쪽으로 이사 온 지 얼마 되지 않아서 아직 친구도 별로 없거든. 유리 네가 도쿄에 있으니까 한번 만날 수 있으면 좋겠다고 생각하고 있었어."

나오코의 외로움이 느껴져서 가슴이 아팠다.

"치사코는 잘 크고 있어? 매년 사진 보내줘서 고마워."

"아니야, 연하장에 아이 사진을 넣어 보내는 건 별로라는 의견도 있지만 좋아해 주는 사람들도 있으니까⋯."

"나는 좋았어."

거짓말이 아니었다. 아기 때는 귀여움에 감탄했고, 매년 조금씩 나오코를 닮아가는 모습을 보면 신기할 따름이었다.

역 앞에 있는 카페에 들어가서 입구 쪽 자리에 앉았다. 나오코는 재떨이를 자기 앞으로 끌어당겼다. 담배를 피우는 줄은 몰랐기에 조금 놀랐다.

우선은 나오코의 이야기를 들었다. 전문대를 졸업한 후 보험 회사에서 일하다가 결혼을 했는데 남편 직업이 2년마다 전근을 가야 하는 일이라 나오코가 일을 계속하기는 어려웠다고 했다.

"내년에 또 이사 가야 해. 정말 지긋지긋하다니까. 나는 그렇다 치더라도 치사코가 너무 불쌍하잖아. 겨우 친구를 사귀면 또 헤어져야 하니까."

"그러게…."

"중학교까지는 어떻게든 되겠지만 고등학교 들어가면 전학 다니는 것도 쉽지 않잖아. 그때는 남편만 보내고 가족끼리 서로 떨어져 지내게 될지도 모르지. 대학 들어가서 애가 자취하겠다고 하면 그건 그것대로 돈이 드니까. 유리 넌 어때? 너도 전근 많이 다니지 않아?"

"나는 딸린 식구가 없으니까. 여기저기 가 볼 수 있는 건 좋아."

친구가 세상의 전부인 어린아이일 때 반강제적으로 이별을 경험하는 것과 어른이 되어 어디에도 뿌리내리지 않는 삶을 선택하는 것은 전혀 다르다.

"그러고 보니 얼마 전에 매장에서 마호를 봤어."

"어머, 그래? 마호도 잘 지낸대?"

"응, 뭔가 분위기가 엄청 세련돼졌더라. 완전 딴사람 같아서 말도 못 걸었지 뭐야."

"정말? 아쉬웠겠다. 너희 둘 진짜 친했잖아."

나오코는 거기까지 말한 후 아차 싶은 표정을 지었다. 중학교 때 있었던 일들이 기억난 듯했다.

"나오코 넌 졸업 후에 마호랑 만난 적 있어?"

"아니, 없어. 마호는 고베에 있는 고등학교로 진학했잖아."

내심 실망했다. 나오코가 가지고 있는 마호에 관한 정보는 중학교 이후 갱신되지 않은 모양이었다.

"고등학교 1학년 때 도쿄로 이사 갔어. 학교도 그쪽으로 전학 갔고."

"그래? 고등학교에서도 전학을 받아 주나? 언제 기회 되면 물어보고 싶다."

아무래도 나오코의 머릿속은 온통 아이 생각뿐인 듯했다. 나는 원래 하던 이야기로 돌아왔다.

"중학교 때 친구들 중에 아직 연락하는 사람 있어?"

"토모미랑은 가끔 만나. 그리고…."

나오코는 몇 명인가 이름을 댔지만 토모미 말고는 전혀 기억나지 않았다. 스스로의 무정함이 원망스러웠다.

"그러고 보니 히노 사토코라는 애 기억해?"

갑자기 생각지도 못한 이름이 나와서 깜짝 놀랐다.

"기억하지. 같은 단지에 살았으니까."

"어, 그래? 친했어?"

"어렸을 때는. 초등학교 저학년 때까지?"

나오코는 무슨 비밀이라도 알려주는 것처럼 목소리를 낮추었다.

"걔 호소오랑 결혼했대."

놀라지 않은 것은 아니다. 놀라는 동시에 한편으로는 역시나 싫기도 했다.

'결국 한번 레일에서 벗어나면 두 번 다시 이전으로는 돌아갈 수 없다는 걸 알게 됐거든. 호소오랑 나는 비슷한 부류의 인간이기도 하고.'

레일에서 벗어난 사람들끼리 서로에게 의지가 되어주기로 한 걸까.

"그러고 보니 나도 대학교 때 그 두 사람이 함께 있는 걸 본 적이 있어."

"그래? 어쨌든 그런 녀석과 결혼이라니 나였으면 절대 불가능해. 호소오는 사람을 죽였잖아. 그 녀석이 리나코를 죽인 건 절대 못 잊어. 절대로 용서 못 해."

단호하게 말할 수 있는 나오코가 부러웠다. 가슴이 아프게 조여들었다. 나는 하던 이야기를 계속했다.

"사토코도… 그 일로 소년원에 들어갔으니까 호소오와 뭔가 통하는 부분이 있었던 게 아닐까?"

"하지만 사토코는 납치당할 뻔해서 저항하다가 그렇게 된 거잖아. 죽은 남자는 과거에도 비슷한 짓을 몇 번이나 했다고 들었어. 자업자득이라고."

"그러게."

함부로 과거를 헤집어서는 안 된다. 과거에는 수많은 상처가 묻혀 있어서 건드리면 매우 아프다.

나는 어색하게 미소를 지었다.

226

2시간 정도 대화를 나눈 후 우리는 역 앞에서 헤어졌다. 다음에 만나는 건 또 20년 후가 될지도 모르겠다는 생각을 하면서.

나츠메는 1시간이 지나도록 나타나지 않았다.

만나기로 한 카페에 멍하니 앉아 사토코를 생각했다.

사토코가 호소오와 결혼한 것은 전혀 의외가 아니었는데도 어째서인지 가슴이 술렁였다.

뭔가 중요한 것을 마음속 깊이 묻어둔 듯한 기분이었다. 그것이 무엇인지 기억해 내야만 할 것 같았다.

그러다가 퍼뜩 깨달았다.

사토코는 고등학교를 졸업한 후에 마호와 연락을 취한 적이 있다.

디즈니랜드에서 내가 한 말을 듣고 의심을 품게 된 사토코는 마호에게 연락해 자기 할아버지를 죽인 사람이 마호인지 물었다. 다시 말해 사토코라면 현재 마호의 연락처를 알고 있을지도 모른다는 말이었다.

당시 마호는 대학생이었다. 도쿄에 있는 대학에 다녔다면 본가에 살면서 통학했을 것이다. 집이 자가라면 이사도 가지 않았을 가능성이 높았다.

게다가 마호네 아버지가 부동산 관련 회사를 경영하고 있고, 마호도 현재 그 회사에서 일하고 있다면 부모와 연을 끊은 것도 아닐 터였다.

내가 마호의 연락처를 알아보고 있다는 사실을 경찰에서 알게 되더라도 그것만 가지고 나를 의심하지는 않을 것이다. 연락처도 모르는 상대를 위해 살인을 저지르는 사람은 없으니까. 만약 경찰에서 나를 의심하면 마호가 나를 자신의 가장 소중한 친구라고 말했다는 사실이 마음에 걸려서 어떻게든 연락을 취해 보고 싶었다고 둘러대면 그만이다.

사토코가 지금 어디 사는지 알아내는 것은 아마도 마호를 찾는 것보다는 쉬울 것이다.

나는 본가에 전화를 걸었다.

엄마가 전화를 받았다.

“엄마, 사토코네 기억해?”

“그럼, 기억하지. 왜 그러는데?”

엄마랑 말할 때는 자연스럽게 사투리가 나왔다.

“사토코가 결혼했다는 거 알고 있었어?”

“어머, 정말? 이사 가고 나서는 본 적이 없으니까 몰랐네. 아무튼 결혼했다니 다행이다.”

바늘로 찌르는 듯한 통증이 가슴을 스치고 지나갔다.

엄마가 말하는 ‘결혼했다니 다행이다’ 앞에 생략된 말은 ‘소년원에 갔었는데’일까 ‘사람을 죽였는데’일까.

엄마는 지극히 평범한 사람이었고, 나는 어려서부터 그 사실이 숨이 막혀서 견딜 수가 없었다. 엄마에게서 태어난 게 나 같은 딸이 아니었으면 좋았을 텐데, 하고 늘 생각했다.

“사토코네가 어디로 이사 갔는지 알아?”

"우리는 연하장만 주고받는 정도였지만 C동에 사는 타케다 씨가 그 집 엄마랑 친했으니까 다음에 만나면 물어볼게. 사토코한테 뭐 연락할 일 있니?"

"아, 중학교 때 사토코랑 친했던 애가 궁금해서."

중학교 때 사토코랑 친했던 애 따위는 없다.

"사토코도 결혼했다는데 넌 어디 좋은 사람 없니?"

"없어, 그런 사람."

내게 그런 미래는 존재하지 않는다. 나는 웃으며 대답했다.

"주소나 연락처 알게 되면 문자로 보내 줘."

그렇게 말하고 전화를 끊었다.

우리 부모님 세대는 의리를 중시해서 매년 꼬박꼬박 연하장을 주고받았고, 개인정보에 관한 인식도 허술했다. 세월의 흐름도 우리보다 더 빠르게 느낄 터였다.

점원을 불러 오렌지주스를 주문했다.

이제 곧 9시였다. 핸드폰에 문자를 남기고 이만 돌아갈까 하는데 나츠메가 숨을 헐떡이며 가게 안으로 뛰어 들어왔다.

"미안. 회의가 길어지는 바람에…."

"괜찮아. 어차피 오늘은 쉬는 날이었고 기다리면서 책 많이 읽었으니까."

원래부터 오늘은 나오코와의 약속 때문에 다른 일정은 아무것도 잡지 않았다.

"하지만 내일 오전 근무니까 늦게까지는 못 있어."

내 말을 들은 나츠메는 조금 서운한 표정을 지었다. 그 모습을 보니 마음이 아팠다.

이 사람이 정말로 나를 좋아한다고는 생각하지 않는다. 나와 마찬가지로 불확실한 줄다리기를 이어가고 있을 뿐이다.

하지만 만약 이 사람이 정말로 나를 좋아하게 된다면.

희미하게 흔들리는 마음 한구석에서 그럴 리가 없지 않느냐고 코웃음 치는 내가 있었다.

나는 그가 쫓고 있는 사건의 진범이었다.

그로부터 며칠 후, 오후 근무를 마치고 탈의실로 돌아와 핸드폰을 확인하니 몇 건의 문자가 와 있었다.

평소에는 한 건 있을까 말까 한 정도이기 때문에 의외였다.

가장 먼저 온 것은 엄마가 보낸 문자였다.

문자에는 같은 단지에 사는 사람이 알려줬다고 하는 사토코네 새 주소가 적혀 있었다. 오사카에 있는 본가에서 그리 멀지 않은 동네였다. 아쉽게도 전화번호는 적혀 있지 않았지만 주소가 있으니 편지를 보낼 수도 있고 아니면 본가에 내려갔을 때 찾아갈 수도 있었다.

사토코가 가족들과 연락을 주고받지 않을 가능성도 있지만 설령 그렇다 하더라도 뭔가 실마리가 될 만한 것을 찾을 수 있을 것이다.

다른 문자들을 대충 훑어보았다. 다른 지점과 공동으로 개최하는 이벤트에 관한 업무 연락, 그리고 나오코에게서 온 문자가 눈에 들어왔다.

나오코의 문자를 확인하려는데 문밖에서 점장이 다른 직원들에게 빨리 퇴근하라고 재촉하는 소리가 들렸다.

얼마 전부터 전기 요금 절감을 위해 정해진 시간이 되면 자동적으로 층 전체의 불이 꺼지게 되었다. 그래서 일이 끝나면 서둘러 건물을 빠져나가야 했다.

밖으로 나와 붐비는 지하철에 몸을 실었다.

나오코가 문자를 보내올 거라고는 전혀 예상하지 못했다. 한동안 다시 만날 일은 없을 거라고만 생각했다. 어쩌면 친구가 없어 외롭다는 말은 사실일지도 모르겠다는 생각이 들었다.

지하철 안에서 핸드폰을 다시 꺼내 들었다.

【전에 만났을 때 내가 사토코랑 호소오가 결혼했다고 했잖아. 그러고 나서 얼마 전에 남동생이랑 통화하다가 들었는데 호소오가 살해당했대. 신문 기사에도 났었다고 하네.】

덜컹, 하고 열차가 흔들렸다. 몸이 중심을 잡지 못하고 기우뚱해서 허겁지겁 손잡이를 잡았다.

나오코의 남동생은 교내 양아치 집단의 일원이었다. 나오코에게 들은 바에 따르면 지금은 평범하게 직장에 다니며 결혼해서 애도 있다고 했지만 아무튼 과거의 인연 때문에 호소오에 대해서도 잘 알고 있는 듯했다.

【호소오는 조폭이었다고 하니까 그쪽 관련해서 이런저런 문제가 있었나 봐. 사토코는 정말 운이 안 따라 주네. 딱하기도 하지. 나도 너랑 만났을 때 절대로 용서 못 한다고 말했던 게 생각나서 뭔가 죄책감이 들더라고.】

열차는 수많은 사람들을 싣고 밤거리를 달려 나갔다. 나는 답장을 써서 보냈다.

【나오코 네가 죄책감을 느낄 필요는 없어. 조폭이었다고 하니까 누군가의 원한을 산 거겠지.】

열차 안은 발 디딜 틈도 없을 정도로 사람이 많았고, 그들이 서로 대화하는 소리나 열차가 선로를 달리는 소리가 시끄럽게 울리고 있을 텐데 어찌 된 일인지 내 머릿속은 그저 고요하기만 했다.

중요한 사실을 기억해 내야만 한다.

내가 죽인 상대는 호소오였던 게 아닐까.

설마, 그럴 리가 없다. 마음속으로 몇 번이고 중얼거렸다.

오랫동안 만난 적이 없다. 15년 전 디즈니랜드에서 스쳐 지나가면서 아주 잠깐 얼굴을 본 게 전부다. 중학교 때 같은 반이었던 1년 동안도 무서워서 한 번도 얼굴을 제대로 쳐다본 적이 없다. 하루라도 빨리 잊어버리고 싶은 상대였다.

내가 죽인 남자는 몸집이 크고 뚱뚱했다. 그래서 못 알아봤다.

하지만 지금 다시 생각해 보면 그 남자는 호소오를 닮았던 것 같기도 했다.

그럴 리가 없다. 단순한 망상일 뿐이다.

마호가 내게 호소오를 죽이게 할 이유가 없지 않은가.

그 순간 깨달았다. 이유라면 있었다.

그 빌라를 철거하고 싶어 했다는 이유가.

사토코는 어디에 있었을까. 호소오와 결혼한 사토코는 그날 그 집에 없었다.

머리가 깨질 듯 아팠다. 다리가 후들거리고 당장이라도 땅이 꺼져 버릴 것만 같았다.

샤워를 하고 머리를 말린 후 코타츠에 들어가 멍하니 앉아 있는데 초인종이 울렸다.

시계를 보니 벌써 자정이 넘은 시간이었다. 망설이며 공동현관 모니터를 연결하니 나츠메가 서 있었다. 헤실헤실 웃고 있었다.

"미안. 보고 싶어서."

아무래도 술에 취한 모양이었다. 나는 서둘러 공동현관을 열어 주었다. 추위에 얼어 죽기라도 하면 큰일이다.

집 앞까지 오기를 기다렸다가 안으로 들였다. 나츠메는 연신 춥다는 말을 반복하며 코트도 벗지 않고 코타츠에 들어가더니 뒤로 벌러덩 누웠다.

"많이 마셨나 보네."

아직 데이트도 세 번밖에 하지 않았는데 너무 뻔뻔한 거 아닌가 싶었지만 마침 나도 나츠메에게 물어보고 싶은 것이 있던 참이었다.

"자, 코트 벗어야지. 담요 갖다줄 테니까."

나는 나츠메의 코트를 벗겨 옷걸이에 걸었다. 나츠메는 허리까지 코타츠에 넣은 채 상반신에 담요를 둘둘 말았다.

그러고는 곧 술 취한 사람답게 코를 골기 시작했다. 이대로 자게 내버려 둘까 하다가 무심히 말을 걸어 보았다.

"있잖아… 중학교 동창한테 들었는데 마호네 빌라에 살다가 살해당한 사람이 혹시 호소오야?"

나츠메가 반대쪽으로 돌아눕더니 눈을 떴다.

"으… 응, 맞아. 아, 그러고 보니 유리도 같은 중학교였지…."

역시 내 예상이 맞았다. 나는 동요를 감추며 호흡을 골랐다.

"호소오가 마호네 빌라에 살게 된 건 우연이야?"

"아니, 중학교 동창이라서 편의를 봐준 거래. 그렇다고는 해도 두 사람 사이의 연결고리는 정말 딱 그것뿐이고, 그 이상의 친분이나 원한은 없었던 모양이야."

"호소오는 결혼했다고 하던데."

"응, 사건 당시 와이프는 입원 중이었어. 애는 친정에 맡겨 놓은 상태였고."

"입원?"

놀라서 나도 모르게 목소리가 높아졌다.

"계단에서 굴러서 발목을 심하게 다쳤대. 지금은 퇴원해서 친정으로 돌아갔고."

"그래? 다행이다…."

나츠메가 자연스럽게 감기려고 하던 눈을 다시 떴다.

"호소오 와이프랑도 아는 사이야?"

거짓말을 해도 어차피 금방 드러날 테니 사실대로 대답했다.

"같은 단지에 살아서 초등학교 저학년 때까지는 자주 같이 놀았어. 그 이후에는 관계가 소원해졌지만."

"응, 알 것 같아. 그 여자는 유리랑은 완전히 다른 타입이니까."

나는 어색하게 웃었다. 그러니까 나츠메는 사토코를 만난 적이 있다는 말이었다.

"사토코는 괜찮아 보였어?"

"응, 발목을 다치기는 했지만 그것 말고는 건강해 보이던데. 호소오는 집에서도 폭력을 휘둘렀다고 하니 내심 남편이 죽어서 안심하지 않았을까?"

"그래…?"

그래도 사토코는 경찰의 의심을 받지 않았다. 병원에 입원 중이었으니 그보다 더 완벽한 알리바이는 없었다.

"있잖아."

나츠메가 불러서 고개를 돌렸다. 나츠메는 나를 똑바로 올려다보며 물었다.

"사토코랑 마호가 중학교 때 친했어?"

거짓말을 할 필요는 없었다. 나는 진실만을 말했다.

"전혀. 서로 말해 본 적도 없을걸."

어떻게 된 일인지 혼자 상상해 보았다.

처음에는 사토코가 말을 꺼냈을지도 모른다. 고등학교 1학년 때 나한테 자기 할아버지를 죽여 달라고 부탁했을 때처럼. 사토코는 그날 범행을 저지른 것이 내가 아니라 마호라는 사실을 알고 있었다. 그리고 마호의 옷에서 떨어진 단추도 가지고 있었다. 실제로 증거로 채택될지 안 될지는 모르지만 진범인 마호 입장에서는 당연히 불안했을 것이다.

그리고 마호는 그때와는 반대로 이번에는 내게 살인을 지시했다. 사토코네 할아버지가 죽었을 때는 마호에게도 내게도 동기가 없었다. 하지만 이번에는 마호에게 동기가 있었다. 직접 실행에 나섰다가 경찰의 의심을 사는 것은 피해야 했다.

호소오를 죽일 만한 동기도 없고 마호와도 연락이 끊긴 지 오래인 나라면 의심받을 일이 없었다.

그제야 마호의 행동이 이해가 갔다.

이건 고등학교 1학년 여름에 있었던 일의 반복인 것이다.

같은 그림을 거울로 비추듯 반대로 다시 그린 것뿐이다. 그렇다면 내게 이런 일을 시킨 것에 대해 마호는 아무 죄책감도 느끼지 않았을 것이다.

경찰 입장에서는 돈 때문에 죽였다는 쪽이 훨씬 더 설득력 있게 느껴질지도 모른다. 그 동기에 집착하는 한 내가 마호를 위해 사람을 죽일 이유는 결코 알아내지 못할 것이다.

문득 궁금해졌다. 사토코는 호소오를 죽인 사람이 나라는 사실을 알고 있을까.

다음 쉬는 날, 나는 오전 7시에 집을 나섰다.

어제는 오후 근무였기 때문에 수면 시간이 부족했지만 고속열차 안에서 자면 되니까 상관없었다.

도쿄역에서 신오사카까지 가는 표를 사서 지정석 칸에 올라 탔다. 평일이라 그런지 창가 쪽 자리가 비어 있었다.

내일은 출근해야 하니 당일치기로 다녀와야 했다.

도쿄에서 오사카까지 2시간 반이니까 왕복 5시간. 그래도 편도 3시간 넘게 걸리던 시절에 비하면 많이 가까워진 느낌이었다. 영업 사원이 당일치기로 도쿄와 오사카 사이를 오가는 일도 많아졌다.

하지만 고속 열차로 이동하는 것은 지하철로 같은 시간을 이동하는 것보다 훨씬 더 피곤하다. 마치 피로도는 시간이 아니라 거리에 비례하는 것처럼.

이동하는 동안 잘 생각이었는데 열차가 움직이기 시작하자 거짓말처럼 졸음이 싹 달아났다. 그래서 창밖을 하염없이 내다보았다.

후지산이 있는 방향은 안개인지 구름인지가 잔뜩 껴서 하나도 보이지 않았다.

신오사카역에서 내려 지하철로 갈아탔다.

부모님께도 친구들한테도 연락하지 않고 고향에 돌아오는 것은 처음이었다. 시간이 되면 잠깐이라도 할아버지는 뵙고 돌아가고 싶었다.

이윽고 내가 가려던 역에 도착했다. 지하철을 타고 지나간 적은 많지만 이 역에 내리는 것은 처음이었다.

과거에는 창밖으로 내다보이는 풍경에 불과했던 역에 내려섰다.

목적지까지 가는 길은 미리 인터넷으로 검색해서 지도도 뽑아왔다.

언덕이 많은 한적한 주택가였다. 거리상으로는 많이 떨어져 있지도 않은데 내가 살던 동네와는 분위기가 전혀 달랐다.

오래된 집이 많고 연립주택은 별로 없었다. 이유는 모르겠지만 어째서인지 숨이 막혔다.

목적지가 가까워질수록 불안감이 커져 갔다. 오지 말았어야 했다는 생각이 들었다.

마침 작은 공원이 보이길래 마음을 진정시키고 생각을 정리하기 위해 공원 안으로 들어갔다. 지금이라면 아직 되돌릴 수 있다. 할아버지 병문안만 갔다가 도쿄로 돌아가면 된다.

공원 안 모래 놀이터에서 엄마와 딸이 놀고 있었다. 그 모습을 바라보며 근처 벤치에 가서 앉았다.

빵빵한 패딩 점퍼를 입은 아이의 동글동글한 실루엣을 보니 저절로 미소가 지어졌다. 세 살 정도 되었을까.

아이 엄마는 머리가 길었다. 체형은 마른 편이고, 목이 길었다.

기다란 목에서 뒤통수로 이어지는 라인이 낯익었다.

나도 모르게 자리에서 일어났다. 목소리가 나오지 않았다.

시선을 느꼈는지 여자가 뒤를 돌아보았다. 놀란 듯 눈이 휘둥그레졌다.

15년 만이다. 하지만 바로 알아보았다.

"유리? 여기서 뭐 해?"

낮고 허스키한 사토코의 목소리. 나는 너를 만나러 왔다.

사토코는 아이 손을 잡고 내 쪽으로 걸어왔다.

"어떻게 된 거야? 도쿄에서 일한다고 하지 않았어? 돌아온 거야?"

"응, 도쿄에서 일하고 있는데 오늘 잠깐 들렀어."

사실은 너를 만나서 확인하고 싶었다. 과연 내 추리가 맞는지.

나는 아무 말도 하지 못했다.

네가 웃고 있어서.

갑자기 옛 친구를 만나서 놀랐지만 그래도 역시 반갑다는 얼굴로.

"근처에 볼일이 있어서 지나던 길이야. 사토코랑 닮은 사람이 있네 싶었는데 설마 정말 너일 줄은 몰랐어."

코트 주머니에 지도를 쑤셔 넣었다.

"나도 계속 도쿄에 살다가 최근에 이쪽으로 돌아왔어. 원래 살던 집을 갑자기 비워 주게 되어서 지금은 친정에 살고 있는데 조만간 집을 구해서 나올 생각이야. 부모님이랑 잘 안 맞기도 하고."

"그렇구나…."

사토코가 내 옆에 와서 앉았다. 아이 얼굴을 보고 깜짝 놀랐다.

"요리코…."

그날 마호가 우리 집에 데려왔던 여자아이였다.

"어? 유리 네가 어떻게 내 딸 이름을 알고 있어?"

나는 허둥지둥 웃으며 얼버무렸다.

"지난번에 내려왔을 때 C동에 사는 타케다 씨한테 들었어."

"아, 유리네 부모님은 아직 히가시 단지에 사신다고 했나?"

요리코는 말없이 내 손을 잡았다. 어린아이의 축축하고 따뜻한 손.

"신기하네. 원래는 낯을 많이 가리거든."

사토코는 자리에서 일어나 조금 멀리 떨어지더니 주머니에서 담배와 라이터를 꺼냈다. 거리를 둔 것은 요리코에게 담배 연기가 가지 않도록 하기 위해서인 듯했다.

담배에 불을 붙이고 한 모금 빨아들였다.

"아직 어디로 갈지는 안 정했는데 한부모 가정이 살기 편하고 일자리가 있을 만한 곳이 어디 없을까? 물장사여도 상관없는데."

"도쿄나 오사카 말고?"

"도쿄여도 상관없지만 거긴 월세가 비싸니까. 술집에서 일하려면 아무래도 중심부에 살게 되거든. 오사카는 부모님 간섭이 심해서 패스."

사토코는 그렇게 말하며 연기를 내뿜었다. 담뱃재는 휴대용 재떨이에 버렸다.

"지금 마호가 여기저기 알아봐 주고는 있는데 말이야. 기억하지? 마호."

"기억은 하는데… 사토코 너랑 마호랑 친했었나?"

"도쿄에서 마호가 소유한 집에 살았거든. 집주인과 세입자 관계였던 거지. 내 고민을 들어주기도 하고 밤에 요리코를 맡아주기도 하고 아무튼 여러모로 신세를 많이 졌어."

"나는 고등학교 들어가고부터는 만난 적이 없어."

"마호도 그러더라."

요리코가 어리광 부리듯 내 무릎에 기댔다. 손바닥은 따뜻한데 살며시 쓰다듬은 머리카락은 놀랄 만큼 차가웠다.

나는 각오를 굳히고 말을 꺼냈다.

"호소오가 죽었다면서."

사토코가 소리 내어 웃었다.

"뭐야, 유리 너 나에 대해 잘 알고 있구나? 누구한테 들었어?"

"나오코한테. 누군지 기억해?"

"아아, 코스케 누나?"

그러고 보니 나오코의 남동생은 그런 이름이었다. 이제는 얼굴도 잘 기억나지 않는다.

"호소오는 그럴 만했어. 몸담고 있던 조직에서도 돈을 잃어버리지를 않나 번번이 실수만 해서 언젠가는 이렇게 될 줄 알았다니까. 윗선에서는 오히려 애가 너무 무능하고 한심하니까 책임지라는 말도 못 하겠다고 하더라. 이것 좀 봐."

사토코는 셔츠 목 부분을 아래로 쑥 끌어내렸다. 쇄골 근처 피부가 화상이라도 입은 것처럼 부풀어 올라 있었다.

"일하고 돌아오니까 왜 이렇게 늦게 오냐고 담배로 지지더라.

진짜 바보 아니냐고. 술집이든 유흥업소든 다 몸이 재산인데 자기 여자 몸에 상처를 입히다니."

"너무해…"

목소리가 떨렸다. 사토코가 놀란 표정을 지었다.

"괜찮아. 이제 없으니까. 살아서 마음을 고쳐먹고 새사람이 되어주길 바랐지만 생각해 보면 중학교 2학년 때부터 이미 구제불능이었던 것 같아."

사토코가 피우던 담배를 휴대용 재떨이에 눌러 껐다. 그러고는 요리코 옆에 쪼그리고 앉았다.

"지금까지 잘못된 선택을 수도 없이 해 왔지만 이제는 아니야. 이 아이가 나와 같은 경험을 하게 내버려두지 않을 거야."

어째서인지 눈물이 솟구쳤다. 사토코가 황당하다는 듯 웃었다.

"왜 네가 우는데."

"왜냐하면… 내 탓이기도 하니까… 사토코 네가 나를 대신해서 소년원에 가지 않았더라면…"

"그래도 마찬가지였을 거야. 어차피 나는 주위에서 고립되었을 거고, 호소오가 소년원에서 나오면 다시 사귀었을 테니까 결과는 달라지지 않았을 거야."

요리코가 어리둥절한 표정으로 나를 쳐다보았다. 사토코가 말했다.

"결국 인간이 누군가의 인생을 바꾼다는 건 불가능해."

✽

그날의 이야기는 거기서 끝났다.

다음에 만날 약속을 잡으면서 토츠카 유리는 이렇게 말했다.

"다음에는 끝까지 다 말할 수 있을 것 같네요."

이야기의 마지막이 가까워져 오고 있다는 건 나도 느꼈다.

지금 이야기 속에서 유리는 서른네 살이었다. 나와 동갑이라고 하면 앞으로 남은 시간은 13년. 남아 있는 부분은 지금까지처럼 밀도 있는 이야기는 아닐 것이다.

나이가 들면 1년이 빠르게 지나간다. 나 같은 경우에는 과거를 돌이켜봐도 일과 여행 말고는 기억나는 게 없다. 그만큼 평온한 삶을 살았다는 증거라고도 할 수 있을 것이다.

그로부터 며칠 후, 가까이 사는 엄마가 여행용 캐리어를 끌고 찾아왔다.

"이게 뭐야?"

"네 앨범 같은 거. 벽장 안에 박혀 있길래 가져왔어."

엄마는 요즘 대대적인 집 정리를 하고 있었다. 40년 넘게 쌓아둔 짐들을 열심히 버리는 중이라고 했다.

나는 내 사진에 별로 관심이 없어서 그대로 버려도 상관없었지만 엄마 입장에서는 내 물건을 함부로 버리기 어려웠을 것이다.

엄마는 거실에 앨범을 쌓아두고 돌아갔다.

무심코 앨범에 손을 뻗었다가 멈칫했다. 이 중에는 중학교 졸업 앨범도 있었다.

앨범을 케이스에서 꺼내 펼쳐 보았다. 2학년과 3학년 때는 토츠카 유리와 다른 반이었다.

천천히 페이지를 넘겼다. 같은 반 아이들은 대충 기억이 났지만 다른 반 아이들은 거의 기억이 나지 않았다.

이윽고 히노 사토코라는 이름이 눈에 들어왔다. 얼굴을 보니 기억이 났다. 얼굴이 작고 예쁜 아이였다.

같은 반에 토츠카 유리와 사카자키 마호도 있을 터였다. 나는 두 사람의 이름을 찾아보았다.

마침내 토츠카 유리라는 이름을 찾아낸 나는 내 눈을 의심했다.

거기 있는 소녀는 내가 만난 여자와는 전혀 다른 얼굴을 하고 있었다.

화장이나 성형의 문제가 아니었다. 얼굴 윤곽부터가 완전히 달랐다. 내가 만난 토츠카 유리가 전체적으로 갸름한 계란형 얼굴에 홑꺼풀 눈을 가지고 있는 반면 졸업 앨범 속 토츠카 유리는 하관이 넓고 이목구비가 또렷했다. 눈도 쌍꺼풀이었다.

이어서 다른 사진을 본 나는 할 말을 잃었다.

내가 몇 번이나 만난 여자가 촌스러운 교복을 입은 소녀의 얼굴을 하고 나를 쳐다보고 있었다.

대체 뭐가 어떻게 된 걸까.

내가 지금까지 만난 사람은 토츠카 유리가 아니었다. 사카자키 마호였다.

9

예를 들어 자살을 할 때, 사람은 방 청소를 할까.

나는 내 작은 성을 둘러보며 잠시 생각해 보았다. 아마도 부모님이 이 방을 정리한 후 그리 많지 않은 짐을 본가로 가지고 돌아가거나 버리거나 할 것이다. 다 버려도 상관없었다.

언제 또 전근을 가게 될지 몰라 최대한 짐을 늘리지 않으려고 노력했기 때문에 정리하는 데 시간은 많이 걸리지 않을 것이다. 뭐 다행이라면 다행이지 않을까.

직장에서 친하게 지낸 동료들은 놀라겠지. 내가 이런 사람인 줄 알고 있었던 사람은 아마 없을 것이다.

어쩌면 있을지도 모른다. 하지만 나는 그들과 제대로 마주한 적이 없었다. 한 직장에서 일하지만 헤어지면 두 번 다시 볼 일

없는 관계라고 여긴 것은 피차일반이었다. 남에게 무관심한 인간은 남에게도 똑같이 대접받는 것이 당연하다.

다만 그들의 평온한 일상을 어지럽히는 건 미안했다. 사직서는 우편으로 보냈고, 사정이 밝혀지면 문제없이 수리될 터였다.

부모님은 슬퍼하시겠지만 그런 건 아무래도 상관없다고 생각하는 내가 있었다.

두 분은 사토코가 집에서 학대당하고 있다는 사실을 어렴풋이 알아차렸으면서 아무것도 하지 않았다. 그 결과가 돌고 돌아 지금의 현실로 이어졌을 뿐이다.

부모님을 탓할 마음은 없지만 사과할 생각도 없다.

나는 이제 경찰서에 가서 자수할 것이다.

내가 호소오를 죽였다고.

경찰서에 가면 바로 체포당할 줄 알았다.

하지만 조사실 같은 곳에서 자세히 진술하고 조서에 사인한 후 나는 일단 집으로 돌려보내졌다.

생각해 보면 내 이야기가 사실인지 아닌지도 알 수 없고 진범을 감싸기 위해 다른 사람이 거짓 자수를 할 가능성도 있었다.

집으로 돌아오는 길에 공중전화를 발견해서 사토코가 알려준 번호로 전화를 걸었다. 몇 차례 통화 연결음이 울린 후에 낯익은 목소리가 들려왔다.

"네."

나는 호흡을 가다듬으며 천천히 말했다.

"자수했어."

수화기 맞은편에서 마호가 흠칫하는 기색이 느껴졌다.

"왜…."

"걱정 마. 마호 네 이름은 말하지 않았으니까."

"말해. 말해야지."

"말 안 해. 사토코를 지킬 수 있는 건 너뿐이잖아."

사토코를 만나러 가서 알게 되었다. 모든 것은 사토코와 요리코를 지키기 위해서였다는 걸.

마호가 호소오를 직접 죽일 수는 없었다. 마호에게는 동기가 있었으니까. 알리바이가 없으면 가장 먼저 경찰의 의심을 사게 될 터였다. 체포당하면 사토코와 요리코를 지킬 수 없다.

나에게는 동기가 없었다. 10년 넘게 만난 적 없는 친구에게 사람을 죽여 달라고 부탁한다는 것은 보통은 생각하기 어려운 일이니 알리바이가 없어도 의심받을 가능성은 낮았다. 엄청난 실수를 저지르지 않는 이상 충분히 빠져나올 수 있는 상황이었다.

처음에는 전혀 눈치채지 못했다.

하지만 어릴 적 나와 사토코가 공유했던 시간을 마호가 모르는 것처럼, 마호와 사토코에게도 내가 모르는 시간이 존재했던 것이다. 사토코가 입원한 동안 사토코의 딸인 요리코를 돌봐준 사람은 마호였고, 요리코는 마호를 잘 따랐다.

가정 폭력의 피해자는 마호가 아니라 사토코였던 것이다.

생각해 보면 우리는 계속 서로를 대신해 왔다. 사토코가 내 죄를 대신 뒤집어쓰고, 마호가 나 대신 사토코의 할아버지를 죽이고, 이번에는 마호와 사토코가 서로 바꿔치기한 것이다.

하지만 이것을 마지막으로 하고 싶었다.

사토코는 더 이상 잘못된 선택을 하지 않을 거라고 했다. 나역시 마찬가지다.

내가 저지른 죄에 대해서는 내가 그 대가를 치르는 것이 옳았다. 그렇게 하면 마호도 사토코도 자유로워진다.

자수하면 형이 줄어든다고 들었다. 그러니 사형이나 무기징역을 받는 일은 없을 것이다.

형기를 마치고 출소하면 나는 자유다. 거기서부터 다시 시작하면 된다.

마호가 울고 있었다.

"대체 왜…? 모두를 지킬 자신이 있었는데."

그렇다. 마호는 언제나 자신만만했고 자기가 더 잘 해낼 거라고 확신했다. 마호라면 실제로 잘 해냈을지도 모른다.

하지만 나는 서툴게나마 내 식대로 해결할 생각이었다.

"사토코를 잘 부탁해."

10엔짜리 동전이 다 떨어졌다. 전화가 끊기기 전에 서둘러 말하자 마호가 울먹이며 대답했다.

"치사해."

응, 나도 알아.

나도 치사하고 마호도 치사하다.

우리는 세상에 찌든 죄 많고 치사한 어른이다. 하지만 아주 잠깐 중학생으로 돌아갈 수도 있었다.

"마호, 또 보자."

아름다운 추억만 있는 건 아니다. 안 좋은 일도 많았다. 서로가 치사한 인간이지만 그래도 우리는 그때 손을 맞잡고 있었던 것이다.

"왜 죽인 겁니까?"

"역에서 지나가다가 저랑 어깨가 부딪혔다고 고래고래 소리를 지르는데 목소리를 듣고 바로 알아차렸습니다. 상대가 호소오라는 걸요. 그는 중학생 때 제 친구를 죽였습니다. 방과 후에 장난삼아 제 친구를 때리고 발로 차서 죽였습니다. 저 역시 재학 중에 그에게 몇 번이나 인간 이하의 취급을 당했고요. 지옥 같은 나날이었습니다. 얼굴을 본 순간 그때의 감정이 생생하게 되살아났습니다. 곧장 뒤를 밟아서 어디 사는지 확인했습니다."

형사의 질문에 대답하면서 나는 마음속으로 리나코에게 사과했다.

미안. 그때는 제대로 챙겨 주지도 않았으면서 20년이나 지나서 이런 식으로 너를 이용해서 정말 미안해.

이 죄는 어떻게 갚아야 할까.

"도저히 용서할 수 없었습니다."

자연스럽게 눈물이 흘러내렸다. 거짓말을 하고 있는데 눈물이 난다는 게 신기했다.

"그때는 집에 아무도 없는 것 같아 보여서 며칠 후에 몰래 찾아갔습니다. 현관문은 잠겨 있지 않았고 그는 술에 취해 곯아떨어져 있었습니다. 집에서 식칼을 챙겨 갔지만 꺼내지 않고 그 집에 있는 걸 사용했습니다."

허술하기 짝이 없는 범죄였다. 하지만 내가 '마호를 위해' 호소오를 죽였다는 증거도 없었다.

20년 가까이 만난 적 없는 친구를 위해 살인을 저지른다. 그 사실을 입증하는 것은 쉬운 일이 아니다. '사토코를 위해' 죽였을 가능성도 마찬가지다.

그렇다면 내가 말하는 동기를 경찰이 믿어 줄 거라는 쪽에 걸어 볼 만 했다.

나는 호소오를 죽인 흉기와 집 구조와 호소오가 입고 있던 옷에 대해 자세히 설명할 수 있었다.

물적 증거가 발견될 가능성도 있었다.

같은 이야기를 몇 번이고 되풀이했다. 반복되는 문답에 슬슬 지쳐가고 있을 때 문이 열렸다.

안으로 들어온 사람은 나츠메였다. 내 앞에 놓인 의자에 털썩 앉았다.

화를 낼 줄 알았는데 나츠메는 허탈하다는 듯 쓴웃음을 지었다.

"설마 너였을 줄이야…."

"의심하고 있는 줄 알았는데."

"의심하고 있었다면 개인적으로 만나거나 하지 않아. 시말서

감이라고."

거짓말이다. 의심은 했을 것이다. 그래서 내게 접근했고, 그래서 마지막 한 걸음을 내딛지 않았다.

나츠메는 책상 위에 팔을 얹고 나를 쳐다보았다.

"나는 사카자키 마호가 너를 협박한 거라고 생각하고 있어."

"하지만 난 마호한테 협박당할 이유가 없는걸."

내 대답을 들은 나츠메는 난감한 표정을 지었다. 역시 증거는 아무것도 없는 듯했다.

"마호랑은 중학교 때는 친했지만 졸업 후에는 한 번도 만난 적이 없어. 그 빌라가 마호 소유라는 것도 당신이 말해 줘서 알았어. 정말로 깜짝 놀랐다고."

나츠메가 과장되게 한숨을 내쉬었다.

"현장에서 발견된 모발이 네 것이라고 확인되었어. 역에 있는 CCTV에도 네 모습이 찍혀 있었고."

"응…."

그럴 줄 알았다. 내가 자백하기만 하면 그 사실을 증명해 줄 증거는 반드시 나오게 되어 있다.

"하지만 나는 네가 거짓말을 하고 있다고 확신해."

그 말에는 대답하지 않았다.

나는 거짓말을 하고 있다. 그중 몇 개는 밝혀낼 수 있을지도 모른다.

예를 들면 마호가 내게 전화를 걸었고, 그 후에 우리 집에 왔었다는 사실 같은 것. 하지만 만약 그렇게 되더라도 내가 마호

를 위해 사람을 죽이고 마호를 감싸는 이유까지는 알 수 없을
것이다.

"히노 사토코는 왜 만나러 간 거야?"

"마호 연락처를 알고 싶어서. 그리고 내가 사토코의 남편을
죽였으니 어떻게 지내는지 내 눈으로 직접 확인하고 싶기도 했
고. 잘 지내는 것 같아 보여서 안심했어."

"사카자키 마호한테 연락했어?"

"전화를 걸었어."

"무슨 얘기를 했는데?"

"그건 말하고 싶지 않아. 사건과는 관계없는 이야기였어."

묵비권은 인정된다. 나츠메는 납득하기 어렵다는 표정으로
나를 물끄러미 쳐다보았다.

"네게 끌렸어."

놀랐다. 이제 이 사람에게서 이런 말을 들을 일은 없을 거라
고 생각했기 때문이다.

"미안."

하지만 그가 내게 끌린 것은 내가 그가 쫓는 사건의 진범이
었기 때문이 아닐까.

이 사람이라면 우리 셋 사이의 복잡한 인과 관계를 밝혀낼
수 있지 않을까. 문득 그런 생각이 들었다.

하지만 밝혀낸다 한들 내가 죽였다는 사실은 변하지 않는다.

재판을 받고 형이 확정되기까지 1년 반이 걸렸다.

징역 5년. 생각보다 길지 않았다. 자수해서 경감된 부분도 있을 것이고 초범이라는 점도 참작이 되었을 것이다.

재판에서는 마호도 사토코도 증언대에 섰다.

마호는 피고인 측 증인으로 나와서 사건 직전 내게 전화를 걸어 '사토코가 남편한테 폭행을 당하고 있다'라는 말을 했다고 증언했다.

실제로는 자기 이야기인 것처럼 꾸며서 이야기했지만 완전히 거짓말은 아니었다. 나도 그렇다고 시인했다.

어쩌면 마호의 증언으로 재판부의 심증이 조금은 좋아졌을지도 모른다.

사토코는 사건 당시 빌라의 상황과 매일 같이 술만 마시던 호소오에 대해 증언했다. 호소오가 자기와 요리코에게 휘두른 폭력에 대해서도 말했다. 사토코의 말투는 시종일관 담담하고 차분해서 내게 어떤 감정을 품고 있는지 전혀 알 수가 없었다.

사토코는 내가 자기 남편을 죽였다는 사실을 전해 듣고 무슨 생각을 했을까.

어쩌면 호소오가 죽는 것까지는 바라지 않았을지도 모른다. 남편을 죽인 나를 원망하고 있을지도 모른다.

그래도 상관없었다. 애초에 고맙다는 말을 들으려고 한 일은 아니었으니까.

생각해 보면 중학교 2학년 때도 그랬다. 나는 딱히 사토코가 나 대신 죄를 뒤집어쓰기를 바란 것이 아니다.

하지만 돌고 돌아 결국 그렇게 되어 버린 이상, 우리는 우리가 놓인 현실을 받아들이고 거기서부터 다시 시작하는 수밖에 없다.

내가 자수를 한 것도 사토코와 마호를 생각해서가 아니다. 내 인생을 놓고 봤을 때 도망가는 것보다 다시 시작하는 것이 더 낫다고 생각해서 그쪽을 선택한 것뿐이다.

사토코는 결국 인간이 누군가의 인생을 바꾸는 건 불가능하다고 했다. 그 말도 일리는 있지만, 만약 셋 중 누구 하나라도 빠지거나 다른 방법을 선택했더라면 우리는 지금 여기 없지 않을까.

우리는 저마다 혼자였지만 함께 있지 않을 때도 우리의 관계는 이어져 왔고, 앞으로도 그럴 것이다.

솔직히 말해서 나는 마호나 사토코에 대한 내 감정이 우정인지 애정인지 잘 구분이 가지 않는다. 어쩌면 그렇게 아름다운 감정은 아닐지도 모르겠다는 생각도 든다.

적어도 남들이 부러워할 만한 그런 관계는 아니다.

그래도 나는 자신 있게 말할 수 있다.

나는 결코 고독하지 않았다고.

＊

여자는 거기까지 말한 후 긴 한숨을 내쉬었다.

목을 축이려는 듯 잔에 담긴 아이스티를 빨대로 쭉 빨아들였다. 컵 안에서 얼음이 부딪히며 달그락거렸다.

나는 이 여자가 토츠카 유리가 아니라 사카자키 마호라는 사실을 알고 있다. 하지만 뭐라고 말하면 좋을지 몰라서 그냥 이야기를 듣고만 있었다.

"형기를 마치고 출소한 후 저는 마호가 소개해 준 집을 구해서 자취를 시작했습니다. 도시락 공장에서 야간 근무로 일했는데 몸이 안 좋아져서 그만두게 되었고요. 그래서 돈이 필요한 상황입니다."

여자는 내 눈을 똑바로 쳐다보며 말했다.

"당신은 소설가로 성공해서 꿈을 이루고 경제력도 갖추었으니 잘 모르겠지만 아무 경력도 없는 40대 여성이 혼자 살아간다는 건 쉽지 않은 일이거든요."

그 말에는 나도 동감했다.

사람들이 생각하는 것처럼 멋진 직업도 아니고 그리 잘나가는 편도 아니지만 적어도 소설가로 먹고살 수 있다는 건 행운이라고 생각한다. 몸이 튼튼한 편이 아니라서 육체노동은 무리이고, 사람을 대하는 일도 자신 없다. 소설가는 다른 사람과 적당한 거리를 유지하면서 자기한테 맞는 속도로 일할 수 있는 직업이었다.

마음과는 달리 글이 써지지 않아서 머리를 쥐어뜯을 때도 있지만 그래도 좋은 점이 더 많았다.

하지만 순순히 고개를 끄덕일 수는 없었다. 토츠카 유리라면 출소 후에 일을 구하는 것이 쉽지 않았겠지만 사카자키 마호는 달랐다. 마호에게는 전과가 없고 부동산도 소유하고 있다. 나를 부러워할 이유가 없었다.

중학교 졸업 앨범을 확인한 후, 도서관에 가서 과거 신문을 찾아보았다.

토츠카 유리라는 여자가 호소오 아유무라는 중학교 동창을 죽인 사건은 신문 사회면에 실려 있었다.

적어도 지금 내 눈앞에 있는 여자가 한 말의 일부는 사실이었다.

하지만 내 앞에 앉아 있는 사카자키 마호가 토츠카 유리인 척하는 거라면 진짜 토츠카 유리는 어떻게 된 걸까.

"당신은 자기 인생을 마음껏 즐기고 있잖아요. 하지만 레일에서 벗어난 우리 같은 사람들은 아무도 신경 쓰지 않아요."

여자는 마치 그것이 내 책임이기라도 한 것처럼 말했다.

나는 조용히 한숨을 내쉬었다. 그리고 가방에서 졸업 앨범을 꺼냈다.

여자의 눈이 휘둥그레졌다.

"사카자키 마호 씨, 왜 당신이 토츠카 유리 행세를 하는 건지 알려주시겠어요?"

"대체 어디서 그 앨범을…."

나는 웃으며 페이지를 넘겨 앨범에 실린 내 얼굴을 손가락으로 짚었다.

마호가 헉하고 숨을 들이마셨다.

"이건…."

"맞아요, 나예요. 나도 당신들과 같은 중학교를 나왔어요."

폭풍우처럼 휘몰아치는 나날을 보내야 했다. 그 덕분에 내 안에는 아직도 어른에 대한 뿌리 깊은 불신이 자리잡고 있다. 그러는 나 역시 이미 어른이 된 지 오래였지만.

"이럴 수가…"

조금 전 여자는 자기들한테 신경 쓰는 사람은 아무도 없다고 했다. 하지만 그들 역시 내 존재를 신경 쓰지 않았다.

피차일반이었다. 우리는 그때 서로를 스치고 지나갔을 뿐 아무것도 공유하지 않았다. 이렇게 다시 만나게 될 때까지.

마호가 손으로 이마를 짚으며 웃었다.

"유리가 네가 쓴 책을 몇 권인가 가지고 있었어. 그래서 네 팬인 줄 알았는데 그게 아니라 그냥 같은 학교 출신이어서 그랬던 걸까?"

서점에서 일하는 토츠카 유리라면 나에 대해 알고 있었을지도 모른다. 동창 중에 내가 소설가가 되었다는 사실을 아는 사람은 많았다.

"그럴지도. 유리는?"

"3년 전에 죽었어. 췌장암으로."

나도 모르게 표정이 굳었다.

"죽기 전에 나한테 책 몇 권이랑 낡은 컴퓨터를 보내왔더라고. 그중에 네 책도 있었고, 컴퓨터에는 유리가 쓴 자전적인 소설이 들어 있었어. 솔직히 그 상태 그대로는 문학 공모전 같은 데 보내도 떨어질 게 뻔했고, 그렇다고 해서 내가 다시 고쳐 쓸 자신도 없었지만 어떤 형태로든 남기고 싶었어. 돈이 필요하다는 건 의심을 사지 않기 위해 둘러댄 핑계야. 사실 돈 같은 건 아무래도 상관없어."

그제야 이 상황이 이해가 갔다.

"하지만 지금까지 내가 말한 건 전부 유리가 쓴 내용 그대로 야. 텍스트 파일을 보내 줄 수도 있어."

나는 고개를 저었다. 파일을 받는 건 아무 의미도 없다.

"히노 사토코는?"

"잘 지내. 요리코도 벌써 고등학생이야."

"네가 도와준 거야?"

"조금. 살 집을 알아봐 주고 사토코가 아플 때 요리코를 돌봐 준 정도? 요리코가 대학에 들어가면 우리 부동산에서 아르바 이트를 하기로 했어."

그 정도로도 혼자 아이를 키우는 여자에게는 큰 도움이 되었 을 것이다.

"유리는 나와 사토코 사이에도 마음의 연결고리 같은 게 존 재했을지도 모른다고 했지만 딱히 그런 건 아니야. 그렇게까지 친한 건 아니고 그저 상대가 어려움에 처했을 때 내가 부담되 지 않는 선에서 도와줬을 뿐이야."

그저 그뿐. 마호는 몇 번이고 그 점을 강조했다.

그래도 세 사람은 이어져 있었다. 그들의 관계는 계속되고 있 었다.

"요리코의 존재도 컸어. 아이들은 정말 대단해. 어린아이를 도 와주면 스스로가 가치 있는 사람이 된 것 같은 기분이 들거든.

내 아이가 아니더라도 말이야."

마호는 시선을 내리깔며 미소를 지었다.

"어찌 됐든 유리는 이제 이 세상에 없어. 우리는 남겨진 사람들끼리 살아가는 수밖에 없다고."

"그러게."

앞으로 새로운 것은 아무것도 손에 넣을 수 없을 거라고는 생각하지 않았다. 하지만 그렇게 많은 것을 손에 넣을 수 있을 거라고도 생각하지 않았다.

친구도, 나 자신도, 기쁨도, 지금 내 손 안에 있는 것을 소중히 여기며 살아가는 수밖에 없는 것이다.

"유리는 특별했어?"

마호는 그런 질문을 한 나를 화난 듯한 얼굴로 쳐다보았다.

"그렇게까지 물불 가리지 않고 나를 도와주려고 나선 사람은 아무도 없었어. 남을 해치면서까지 나를 구하려고 한 사람은 유리뿐이었다고. 너한테는 그런 사람이 있었어?"

나는 고개를 저었다.

"그때 처음으로 내가 이 세상에 살아 있어도 괜찮겠다는 생각을 했어. 그리고 나중에야 알았지. 유리는 사토코를 구하지 못한 후회 때문에 그런 행동을 한 거라는 걸. 그 사실을 도저히 받아들일 수가 없었어."

마호가 유리에게 절교를 선언했다는 이야기는 이미 들었다.

"유리가 사토코네 할아버지를 죽일 계획이라는 말을 사토코에게 전해 듣고 무슨 수를 써서라도 막아야겠다고 생각했어.

유리가 나 말고 다른 사람을 위해 그런 짓을 한다는 게 싫었으니까. 유리 말고는 아무도 나를 구해 주지 않았어. 나한테는 유리뿐이었다고."

그건 나도 잘 알고 있는 감정이었다.

마호는 유리에게 어린애 같은 독점욕을 품은 채 어른이 된 것이다.

어릴 적 단짝은 보물이나 다름없다. 마치 애인과도 같은 친밀함과 독점욕. 친구를 잃는 것보다 더 슬픈 일은 없었다.

이러한 감정은 언제까지 계속되는 걸까. 중학생 때까지는 확실히 존재했다. 그 후 이성의 힘으로 조금씩 억누르다가 어느샌가 잊어버렸다.

아니, 잊어버리지 않았을지도 모른다. 다만 그건 어른들 사이에서는 위험한 감정이기 때문에 마음속 깊이 묻어버린 것이다.

그와 동시에 어째서 마호가 유리 행세를 했는지도 알 것 같았다.

마호는 유리의 입으로 말하는 이야기를 듣고 싶었고, 그것을 형태로 남기고 싶었던 것이다. 누군가가 들려주는 이야기. 그것이야말로 되돌릴 수 없는 시간을 되돌리는 유일한 방법이다.

"20년 가까이 못 만났는데도 유리가 내 거짓말을 믿고 사람을 죽이면서까지 나를 도와주려고 한다는 게 너무 기뻤어. 하지만 동시에 내가 돌이킬 수 없는 짓을 저질렀다는 걸 깨달았지."

돌이킬 수 없는 일은 한두 가지가 아니다.

마호가 한 거짓말을 유리가 알았다면 유리는 마호를 용서하지 않았을지도 모른다. 설령 유리가 알지 못하더라도 거짓말을 들키지 않으려면 유리와는 두 번 다시 만날 수 없다.

"하지만 지키려고 한 건 정말이야. 유리를 범죄자로 만들 생각은 없었어."

설마 유리가 자수할 거라고는 꿈에도 생각하지 못했을 것이다.

"교도소에서 나오면 다시 만나자고 약속했지만 유리는 출소 후 반년도 지나지 않아서 쓰러졌어. 나는 아무것도 몰랐어. 이 세계가 언제까지고 계속되지는 않는다는 사실을 그제야 깨달은 거지."

당연한 말이다. 하지만 나는 마호를 어리석다고 비웃을 수 없었다.

자기 자신이나 소중한 사람이 내일 죽을지도 모른다고 생각하면서 살아가는 사람은 없다. 누구나 갑자기 이별을 통보받고 허둥댈 수밖에 없는 것이다.

"유리가 나를 정말로 용서해 줬는지는 알 수 없어. 하지만 적어도 표면상으로는 용서해 줬다고 볼 수 있겠지. 컴퓨터랑 책도 나한테 남겨 줬고. 그러니 나는 사토코랑 잘 지내볼 거야. 가끔 화가 날 때도 있지만."

"가끔 화가 나는 정도라면 충분히 잘 지내고 있는 거네."

내가 말하자 마호는 코를 훌쩍이며 엷게 웃었다.

집에 돌아와서 책상 앞에 앉았다.

노트북을 열어서 전원을 켰다.

이 이야기를 어떻게 내 것으로 만들지 생각해 보았다. 나와는 전혀 다른 사람의 이야기라 할지라도 제대로 삼켜서 소화하지 않으면 쓰는 것은 불가능하다.

나는 자전적인 소설은 한 번도 써 본 적이 없을뿐더러 그런 것을 쓸 정도로 드라마틱한 인생을 살지도 않았다. 하지만 내가 쓴 이야기들 속에는 잘게 부서진 나의 조각들이 들어 있었다.

나는 픽션을 쓰는 사람이니 이야기의 결말은 내가 정하겠다고 마호에게 말했다. 마호는 상관없다고 했다.

어차피 등장인물들의 이름은 가명을 사용할 예정이니 이것이 세 사람의 이야기라는 걸 알아볼 사람은 거의 없을 것이다.

낡은 노트북이라서 켜질 때까지 시간이 걸렸다. 조만간 새 컴퓨터를 사야 할 것 같았다.

겨우 켜진 바탕 화면에서 문서 편집기를 열었다.

어떻게 시작할지는 이미 생각해 두었다. 노을 지는 단지의 풍경에서부터 시작할 생각이었다.

첫 문장을 쓰려다가 잠시 고민했다.

세 사람의 이야기를 쓰려고 하는 순간 깊은 미궁 속으로 빠져들어 갈 것만 같은 기분이 들었다. 이럴 때 나는 항상 마지막 장면을 먼저 쓰는 편이다.

목표로 하는 곳이 보이면 길을 헤매지 않을 수 있고, 쓰던 도중에 마지막 장면이 어울리지 않는 것 같으면 버리고 새로 쓰면 그만이다. 거의 대부분은 새로 쓰게 된다.

어쨌거나 일단 써 보는 마지막 장면은 저 멀리서 희미하게 반짝이는 빛이고 이정표다. 그것을 믿고 원고지 4백 매에 가까운 여행을 시작하는 것이다.

눈을 감고 생각했다. 가능하다면 밝은 느낌으로 끝내고 싶었다.

그것이 유리가 바라는 걸 테니까.

별이 빛나는 밤하늘이 머릿속에 떠올랐다. 세 사람이 자그마한 차를 타고 여행을 하고 있다.

얼굴에는 주름이 파이고 머리는 희끗희끗하다. 세 사람은 웃고 있다.

목적지는 초원일까, 바닷가에 위치한 작은 집일까, 아니면 바다를 끼고 하염없이 달려가는 걸까.

지금 자신이 행복한지, 무엇이 가치가 있는지를 다른 사람의 기준에 맞추어 판단하지 않는다. 세 사람은 갈 수 있는 곳까지 달려간다. 앞을 막아서는 것을 깨부수고, 무엇에도 굴하지 않는다.

때로는 후회하거나 반성할지도 모르지만 그런 건 다 잊어버려도 된다.

상처를 입어도, 실수를 해도, 무언가를 잃어도, 나이를 먹어도, 미래는 언제나 우리 손안에 있다.

옮긴이 **남소현**

연세대학교와 이화여자대학교 통역번역대학원에서 공부하였고, 일본 문학 번역가로 활동하고 있다. 번역작으로 《형사의 약속》, 《여섯 명의 거짓말쟁이 대학생》, 《설원》, 《기묘한 괴담 하우스》, 《형사 변호인》, 《녹색의 나의 집》, 《죄의 경계》, 《그리움을 요리하는 심야식당》, 《의대 9수를 시킨 엄마를 죽였습니다》 등이 있다.

인플루언스
INFLUENCE

초판 1쇄 2024년 12월 11일
저자 곤도 후미에
옮긴이 남소현
편집 나다연 **디자인** 배석현
ISBN 979-11-93324-32-5　03830

발행인 아이아키텍트 주식회사
출판브랜드 북플라자
주소 서울시 강남구 학동로 329 북플라자 타워
홈페이지 www.bookplaza.co.kr

오탈자 제보 등 기타 문의사항은 book.plaza@hanmail.net으로 보내주세요.
잘못된 책은 구입하신 서점에서 교환해 드립니다.